因为爱情 我们还是年轻的模样

黄丽娟 著

金城出版社
GOLD WALL PRESS

图书在版编目（CIP）数据

因为爱情，我们还是年轻的模样 / 黄丽娟著. -- 北京：金城出版社,2016.11

ISBN 978-7-5155-1422-2

Ⅰ.①因… Ⅱ.①黄… Ⅲ.①散文集－中国－当代 Ⅳ.①I267

中国版本图书馆CIP数据核字(2016)第269198号

因为爱情，我们还是年轻的模样

作　　者　黄丽娟
责任编辑　胡　敏
开　　本　700毫米×960毫米　1/16
印　　张　18.5
字　　数　166千字
版　　次　2017年1月第1版　2017年1月第1次印刷
印　　刷　北京金瀑印刷有限责任公司
书　　号　ISBN 978-7-5155-1422-2
定　　价　35.00元

出版发行　金城出版社　北京市朝阳区利泽东二路3号　邮编：100102
发 行 部　（010）84254364
编 辑 部　（010）64210080
总 编 室　（010）64228516
网　　址　http://www.jccb.com.cn
电子邮箱　jinchengchuban@163.com
法律顾问　陈鹰律师事务所（010）64970501

目录
CONTENTS

时光不老

每天步行上班，沿路都是风景。最喜边走边听《蒋勋细说红楼梦》，还没听够，路便走到了尽头。

《红楼梦》是我青春里最好的枕边书，也是一部令我百读不厌的书。它伴着我一路走过青春，现在又以另一种方式走进我的中年人生。因为常读常新，自然倍感珍惜。

想起我的青春岁月，就像路边盛开的栀子花，洁白而又芬芳；又像手写的一卷小书，字字珠玑里有永远写不完的故事。

有人感慨地说，青春岁月说长不长，说短不短，够一场考学革命，也够蓄谋一场爱情，青春的列车会经过二十岁的站点，不管你在青春的路上选择蹒跚还是急驰。我说，青春就是一场盛大的旅行，你会遇见不同的人，不同的事，你会看到各种各样的风景。也许你会在这段路程上辗转停留，也许你会勇往直前，总之，不管以哪一种方式前行，你终将会看到青春之花绽放在你的眼前。

时间如风，我们都在怀念曾经遗失的阳光少年梦，但我从不惧怕自己会变老，青春与年老都是人生的风华。我甚至向往有一天能变成塔莎奶奶，在自己的小天地里写字、画画、编织、缝衣、种花……做一切青春里还未来得及做或者没有做好的事。

我也向往杨绛先生淡定从容、诗意优雅的人生境界：我和谁都不争，和谁争我都不屑，我爱大自然，其次是艺术，我烤着生命之火取暖，火萎了，我也准备走了。

细数人生路，谁的青春不轻狂、不迷茫呢。庆幸，我们一直在成长的路上，记忆向左，青春向右。感谢文字，让我的青春岁月留下了时光的印痕；感谢文字，令我步入了写作的青春殿堂。

提到写作，我觉得它是一个不断沉淀、不断更新的过程，最忌讳在原地踏步。所以，我在写好散文的同时尝试突破，写小说。于是，就有了这本《因为爱情，我们还是年轻的模样》。

这是关于我的青春，关于你、我、他（她）的青春的故事，是一本献给我们终将逝去的青春和必将圆满的爱情的故事书。

在这里，你能找到曾经对同桌女生的悸动，你能找到少年友情的纯粹，你能找到调皮背后的内省，你能找到开始感受孤独的那种孤独。这也是一本教会我们学会呵护友情、爱情、亲情，学会爱惜自己的温情暖心之作，于无形中滋养灵魂深处的孤独，于无声中给你面对人生的勇气。所以，还等什么呢？不管是回忆自己还是回忆那个他（她），这里都能找到你想要的。

金风玉露喜相逢，便胜却人间无数。最后，还是要感谢阅读的你！不管与文字相逢，还是与你相逢，都是一场盛事。

第一章 青春的小鸟飞走了

青春，就像路边盛开的栀子花，洁白而又芬芳；又像手写的一卷小书，字字珠玑里有永远写不完的故事。

青春的小鸟飞走了

1

高三那年，我转学到了县中，父母将我寄养在县城的表姨家。表姨恰好就是我学校的语文老师。

第一次走进这座百年老校，我的心里充满了一种神圣与自豪感，对未来一年的高中生活也充满了美好的憧憬。但兴奋之余，不免有些忐忑，因为我是个乡下姑娘，与城里学生相比就是一只土里土气的丑小鸭。

当我怯生生地走进高三2班的教室时，位置上已坐了好多人。有个男生看见我大声地“啊”了一声，顿时，所有的目光都朝我聚集过来。我不知所措地呆在了那里，幸亏有个齐刘海的女同学及时向我伸出了救命稻草，把我拉到了她旁边的空位上。这时，教室里发出一片哗然，我的脸腾地红到了脖子根。

老师来了，开始点名了！当点到我的名字——黄菊花时，教室里再次哗然，笑得最凶的依然是那个男生。我窘得满脸通红，咬着嘴唇，狠狠地用眼睛剜了他两下。

男生朝我吐了吐舌头，做了个鬼脸，继续嗤嗤地笑着。直到老师喊起他，让他站着才平息。

黄菊花，这名字的确太土了，我自己也不喜欢，但这是父母给的，再不喜欢也没用。曾多次吵着让父母给我改名，他们就是不肯，说菊花多好，上口又好记。好吧，谁让我出生在菊花盛开的九月呢。

高三的学习明显紧张多了，大多数同学下课都不休息，仍在位置上看书。只有那个男生——张侯阳会溜到窗外的那棵泡桐树下秀秀拳脚。我偶尔透过窗，看到他像个猴子似的在树下蹦来跳去，就恨得牙痒痒。张侯阳，张侯阳，难怪像个泼猴似的没个正经的时候。而他若正好看到我在看他，就坏坏地朝我一笑。

第一次月考结束，语文老师拿来考卷报完分数，全班又一次哗然地把目光倒向我。

这一次不是因为我那土气的名字，而是我的语文测验得了全班第一，更令人想不到的是我的作文一分都没扣。平日不苟言笑的语文老师破例拿着我的试卷露出了一排洁白的牙齿，我第一次发现她笑起来还挺好看的。

语文老师在讲台上将我热情洋溢地大赞了一番，我却在一片惊羡声中又低下了头，我实在不习惯成为众人注目的焦点。

“老师，请让我来读读黄菊花的美文，让同学们都欣赏欣赏！”张侯阳竟然跑到讲台跟前问老师要卷子。

老师欣然答应了。

张侯阳冲我笑了笑，开始朗读我的作文。别看他平时那么顽皮，朗诵绝对好听。浑厚的男中音，挺富有磁性的，普通话也标准，嘴角边还有一个小酒窝呢，我不禁朝他多看了几眼。

除顽皮以外，张侯阳算得上是一个文艺小青年，会唱会跳还能弹得一手好吉他。不知他是如何说服班主任的，反正他带吉他进教室是没人管的。每上到体育活动课，他稍微活动两下后便坐在泡桐树下开始弹吉他。悠扬的吉他声总能吸引一群女生过来围观，而他依然专心致志地弹着。这样的张侯阳安静、认真又充满柔情，是我最喜欢的样子。

每一次，我都会离他远远地，静静地听他弹吉他。

有一次，他悄悄地塞给我一张纸条，上面写着：你最喜欢哪首歌？我弹给你听。我读完纸条，不觉又脸红了。或许是好奇吧，我就在纸条上回了一句：你弹的我都喜欢。其实，也是实话实说。

这下可好了，每到体育活动课，张侯阳总是过来叫我：“黄菊花，来听听我新学会的曲子。”惹得班上的女同学都在私底下嘀嘀咕咕的，令我好难为情。

女同学都说张侯阳像小虎队里的“霹雳虎”，我也觉得像，全年级的女生都这么认为。

2

高三第二学期，班主任为了鼓励先进，想出了一个妙招，就是按成绩高低排座位。因为我一直稳在前十名，故从后排座位移到了前面第二排，和张侯阳在同一排上。我依然爱透过窗外去看那棵泡桐树，而张侯阳也依然会在泡桐树下玩耍或者弹吉他。

有一天，泡桐树上多了一个鸟窝，像是燕子的窝。那天，两只鸟儿扑棱棱地穿过泡桐树，飞到清凌凌的蓝天上，灵巧的剪刀给白云剪出了美丽的花边。那一节正好是作文课，老师让大家自由创作，我和张侯阳不谋而合地都写到了这个镜头。抬起头的一刹那，我们四目相撞，第一次笑得那么自然，那么会心。

因为这个鸟窝，我和张侯阳朝泡桐树一起张望的机会多了起来。有时，我会迅速地撇开眼睛，低头看书，心里却像有头小鹿在蹦跳，一个字也看不进去。当我鼓起勇气抬起头再投向窗外时，看到张侯阳正认真地写着什么。我就像犯了错的孩子似的，嘘出一口气，红着脸，一头扎进书本里。

时间过得真快，高考就要临近了，学校规定晚自习再延长半小时，上到十点结束。

因为表姨家离学校较远，表姨还要照顾自家的孩子，为了不给她添麻烦，我下午放学后就在学校随便买点吃的，然后去上晚自习。学校没有食堂，只有一个小卖部，小卖部里的东西又贵又不好吃，每次，我都买最便宜的面包填下肚子。但每到九点，我的肚子就不争气地闹起了空城计，胃也开始绞着疼。

有一次，我疼得满头大汗，实在吃不消了，便捂着肚子伏在了桌子上。这一切被张侯阳看在了眼里。第二天，我简单地吃了两个小面包后，回到教室准备自习。突然发现课桌抽屉里有一团热乎乎的东西，我吓了一跳，下意识地尖叫着抽出了手。我看到张侯阳在朝我笑，一边笑一边打着手势比画着。我疑惑地拿出那团东西来，原来是两个白白胖胖的热馒头。我一下子明白了，不好意思地冲他笑了笑。

从这一天开始，我的课桌抽屉里总有一团热乎乎的东西，不是馒头就是烧饼之类吃的东西，有时还会有热气腾腾的豆浆。也就是从这一天起，我的胃再也没有疼过。每次，我都想好好感谢张侯阳，但话到嘴边又说不出口了。

高考复习越来越紧张，几乎达到了白热化阶段。我和张侯阳都在努力冲刺着，争取在高考中能发挥出自己最好的水平。

那棵泡桐树下已看不到那个活泼灵动的身影了，也听不到悦耳动听的吉他声了。虽然有些落寞，但只要看到张侯阳认真复习的样子，我的心里就踏实起来，自然也跟着用功了。令人高兴的是，第一次模拟考试，我和张侯阳都考进了前五名。

或许是为了庆贺吧，那天晚上，张侯阳竟然买了好多吃的，馒头、面包、巧克力、牛奶，还让我和他一起坐在那棵泡桐树下吃。

那晚的天空十分干净，像一片深蓝色的大海。闪闪烁烁的星星点缀其间，像撒在海面上的珍珠，我看得出了神。张侯阳哼起了歌，声音真好听。我不由得把头移向了他的肩膀，几乎要挨着了，而且还闻到了他身上幽幽的汗味。

“张侯阳！”一声断喝，将我和张侯阳惊得从地上跳起来。

“好哇，张侯阳，马上就要考试了，还敢谈恋爱！”我终于看清了对面那个愤怒的人，原来是隔壁班的班主任，也是张侯阳的妈妈。我一下子傻了眼，不由得浑身哆嗦起来。

“臭小子，还不快滚回去！”张侯阳妈妈怒气冲冲，狠狠地扇了张侯阳两个巴掌，然后又转过头来厉声跟我说，“还有你，你还像个好学生的样子吗？”这时，我的表姨也气呼呼地来了，指着我的脸说：“你怎么这么不懂事！让我怎么向你的父母交代啊？”

我的眼泪在眼眶里直打转，我的心里好疼，好疼。

张侯阳走了，转到他爸那所学校去了。而这时候离高考只有一个多月了。

我每次都不敢从张侯阳妈的教室前走过，我怕看到那张愤怒的脸。我还是习惯望向窗外那棵泡桐树，看那两只快活的鸟儿，看那一个寂寞的鸟窝。但是，我再也看不到那双熟悉的眼睛了。

一直到今天，我再没有和张侯阳联系过。

去年校庆，我回到学校参加活动，依然没能看到张侯阳。或许，他就像一朵云，飘到天涯海角去了吧。

那棵泡桐树依旧在那里，鸟窝没有了，树却变得更茂盛了。

我久久伫立在树下，心中始终有两只鸟儿快乐飞翔的影子，耳边也一直回荡着那阵阵悠扬的吉他声。

我抬头看着泡桐树，好让泪水不要肆意流下。青春啊，就这样扑棱棱地，像一只只鸟儿，渐渐地飞走了。只留下那一地落叶，似乎还在述说着久远青涩的往事……

一颗糖，只为懂它的人甜

1

十八岁那年，我考上了外地一所大学。入学临行前，从不在我面前提“爱情”这两个字眼的爸爸竟跟我说：“丫头，上了大学，不要死读书，谈谈恋爱也是一种学习。”

或许正是有了这样一种潜意识，19岁生日的那一天，我爱上了宋小溪。之后的4年，我没能再爱上任何人。但宋小溪可不，他大大小小的恋爱谈了15次，最长的36个月，最短的2天。在他身边的女孩，几乎像墙上的日历，过完一天撕下一张，每天都是新的。所以，在新闻系里，他是公认的情圣。

我爱上宋小溪这件事，我猜他完全知道，但他总装作不知道。第一次见到他，是在一个颁奖典礼上。那是新闻系和中文系联合举办的“寻找你我镜头中最美的人”征文摄影活动，我获得征文组一等奖，宋小溪获得摄影组一等奖。领奖的时候，新闻系和中文系的同学们好像是事先商量好的，一起在底下起哄。新闻系喊：“宋小溪——”中文系喊：“黄小糖——”然后一起喊：“在一起，在一起！”我在台上窘得面红耳赤，宋小溪却满不在乎，乐呵呵地朝着他的那帮哥们儿频频挥手，像登台演出的歌星。颁奖后要合影，我害羞地站在宋小溪身旁，眼睛不敢往前看，心里却有一丝丝莫名的甜蜜。

后来，新闻系和中文系又联合搞了几个活动，我和宋小溪的接触也便多了起来，因为我是中文系活动部联络员，他是新闻系活动部部长。一起K歌喝酒时，他喊我的名字：“小糖糖，瞅瞅你，多好，不恋爱好啊，干净。什么时候我都能找你玩，要是你恋爱了，我找谁去啊？你啊，比那些女孩强多了……”

我不知道宋小溪嘴里的“那些女孩”是什么样的，但他刚跟我说完话，眼神就飘了。一个穿着超短裙、黑丝袜的美女刚好经过。眼神再飘回来的时候，就带着激情了：“小糖糖，我跟你赌200块，今天我能要到她的QQ。”我摇摇头说不赌。我相信宋小溪可以做到，因为我已经输给他不下十次了。果然，不到半个小时，我就看到宋小溪与那美女的距离缩到了十厘米。

远远地，宋小溪给我比出一个“V”，我便知道，他成功了。我落寞地一口气喝完了剩下的五瓶啤酒，竟然还没醉。有人说，爱情是一种毒药，一旦上瘾是无药可救的。我就这样无可救药地爱上了宋小溪，并且随叫随到，像极了一个超级傻子。

我知道宋小溪是天蝎座，天蝎座应该与巨蟹座是最搭配的。而我是双子座，与他的匹配度只有40%，这个结果让我有点欢喜有点忧。

五月的蔷薇花开了，我和宋小溪依然清白友好地往来着。

2

习惯每天晚上都要上学校里的“超级论坛”逛一圈，然后像皇帝批阅奏章似的一个一个帖子“灌水”过去。每天的帖子像雪花似的不计其数，要是哪一天没去，准会把你前一天最后回复的那一条淹埋到三万八千里的深海中。

“超级论坛”真是海纳百川，无奇不有。只要你不厌其烦地往里“扒”，总会有意外的收获的。

我就是在论坛里“扒”到了宋小溪的号外。

在我们都十八岁的时候，宋小溪可不像现在这样“浑”。那时，他是个干净纯白的文艺少年，喜欢拉手风琴、摄影。他的摄影作品曾获得过省级银奖。

说到摄影，我终于回想起来了。那是大一下半学期，学校里举行了一场摄影作品展览，其中就有宋小溪的作品。当时，我是和室友一起去看的。我还记得，室友从头至尾赞叹的是宋小溪的帅气，而我则流连在那些照片前。我发现，在宋小溪的镜头中有一个女孩子出现了好几次。女孩子长得很美，很甜。

原来，照片中的女孩就是宋小溪第一个女朋友。这场摄影展中的作品，也是宋小溪纪念那段青葱往事的。宋小溪说，他喜欢了她好多年。这就像我喜欢宋小溪一样，我暗暗地想。

“纯得像山泉。”宋小溪是这样形容他的爱情的。高中的时候，他们既是邻居又是同学，一起上下学，乘坐同一辆公交车。她漂亮外向，有很多男生都喜欢她。他总是悄悄地看着她，害羞又胆怯。

他默默地为她做过许多小事，帮她挡过路边嗷嗷扑来的小狗，帮她解答不懂的数学题，替她向她的父母撒谎，为她和别的男生打过架……总之，现在看来的这些小事，于那时的宋小溪来说，却是天底下最大的事。

高考那年，一向成绩优秀的宋小溪为了和女孩在一起，宁愿放弃了自己心仪的重点本科而报考了这所二流大学。然而，令人感到意外的是，女孩竟临时悄无声息地更改了志愿。这对宋小溪来说，无疑是个晴天霹雳。在很长一段时间里，他都深陷在痛苦的泥潭中，无法自拔。

看到这里，我心中突然有了一种企盼，我希望能用温柔呵护他，不管能不能得到回报。我想，或许，每个人的现在都是过去的总和。宋小溪的玩世不恭就像是对当年的一场叛逆吧，虽然有点孩子气。

宋小溪最后写道：“这就是我恋爱最长的36个月，我的初恋，它影响了我的整个高中生活。”

3

我和宋小溪每周都会见一面，大多是他约我，看电影吃饭没人陪了，打牌三缺一了，基本上我都会去。有时他的那些朋友或者室友就开玩笑地称我“溪嫂”。宋小溪就笑：“我是她的男闺蜜哈。”我听了脸上不动声色，不急也不恼。宋小溪偶尔会夸我：“我就是喜欢你这装模作样的矜持。”

我的朋友们也琢磨我们到底是什么关系。只能算朋友，我这样回答，但心里却说：一个爱着的朋友。

和宋小溪在一起，我做得最多的事就是吃醋。虽然我知道在他的初恋之后，他对每一个出现在他身边的女孩，都不再认真。有一次我亲眼看见，一个女孩气急了，将手中的一本书撕得七零八落，走之前还扬了他一脸。他没有生气，笑着说：“别跟书过不去呀，看你把书撕得多疼！”说着俯下身，将书的碎片一一捡起。真讨厌，没心没肺，玩世不恭，知道书会疼，却想不到人该多难受，我在心里愤愤地说。但骂过之后，又会立即为宋小溪找理由。也许呢，那女孩和他一样，并不认真。

我也做过蠢事。我知道宋小溪比较喜欢时尚前卫的女孩子，于是就开始学着打扮起来。我将一头乌黑的长发染成了栗色，又整了个齐刘海儿，然后穿起了高跟鞋和小短裙。室友们都笑话我是不是哪根神经搭错了，因为我的圆脸儿实在不适合齐刘海儿。可是为了我心中的那个神，我觉得很值。

我不知道宋小溪是什么时候发现我的改变的，总之有一天，我们一起坐在教学楼的楼顶上看晚霞。他忽然指着西天的云朵对我说："晚霞固然很美，但我也喜欢旁边那些洁白的云朵。它们有着那种纯粹的美。"还没等我反应过来，他又接着说："其实，你有你的美，和那洁白的云朵一样，纯粹。"我怔住了，然后背过身偷偷地拭了下眼睛。

瞧他，自始至终都那么温柔，那么儒雅。他没有因为我的装模作样而爱上我，亦没有羞辱和取笑我。这就够了。

从那时起，对宋小溪，我是他的兄弟，他是我的男闺蜜。因为，我虽然喜欢宋小溪，但从来没有告诉过他。若他不向我表白的话，我们注定会一直"闺蜜"下去的。

4

大四最后一个学期，大家都在忙，有的实习，有的找工作。我和宋小溪也都在忙着投简历、面试，两人见面的机会少了。

一家上市公司录用了我，面试第二天就让我去实习了。我的上司是个年轻有为的帅哥，第一次见面，我就觉得他特别阳光，不免对他产生了些许好感。上司对我也很信任，总把重要的事情委托我去做，我每一次都完成得很好。我等着能成为正式员工的那一天。

可天有不测风云，有一天，我被莫名其妙地卷入了一场婚外恋。起因是我的上司给我发了几条暧昧的短信，不小心被他的老婆看到了。他的老婆就吵到公司来，当着大家的面，一哭二闹三上吊。

上司是个“妻管严”，让我忍了道个歉。我哪能咽得下这口气，这又不是我的错，我自然不同意。结果，我的上司以我还是一个实习生的理由，将我辞退了。

我谁都没告诉，一个人背着包去旅行。我去了很多地方，依然心情很差。还没正式工作，还没正式谈恋爱，就受到了如此大的侮辱，今后的生活该如何继续呢？我觉得自己好失败。

我在异乡的街头徘徊，看着身边一张张陌生的脸，看着那些来来往往匆忙的步履，心里寒到了极点。异乡的美景修复不了我的创伤，我昏昏沉沉地在小客栈里睡起来，睡得天昏地暗。

第二天，我依然躲在小客栈里蒙头大睡。突然，一个电话将我惊醒。我一听到电话那头熟悉的声音，不禁淌下两行热泪。电话是宋小溪打来的。他说他就在我客栈的楼下。我很惊诧，说：“别骗我，我不信。”宋小溪说：“真的。”我立马翻身下床，走到窗前往楼下张望，空空的，没有一个人影。我重新回到床边，朝着电话那头狠狠地说：“别拿我寻开心，本姑娘没心情。”我气呼呼地挂掉了电话。自己真是白痴，他怎么会来呢？

电话立马又打进来了，还是宋小溪。他说他到了门口了。我怒气还没消，冲着他叫：“好，有种你别挂电话，我这就去开门。”当我打开门的时候，还是空无一人。我气疯了，对着电话咆哮起来：“宋小溪，你这个王八蛋！”

“糖糖，你听我说……”我哪里还能听得下去呀，就差没把手机扔窗外了。我直直地躺在床上，心里真是有说不出的悲哀。屋漏偏逢连夜雨，竟然连昔日的好朋友也来捉弄我！老天呀，你为何对我如此薄凉啊？

“咚咚咚”一阵局促的敲门声。我像个机器人木木地起身打开门，一看惊呆了，宋小溪真真切切地站在了门口。这是梦吗？我使劲掐了掐自己的脸，生生地疼。宋小溪定定地看了我三秒，二话没说一把将我搂在了怀里。那一刻，我哭了。

我问他：“你怎么来了？”

他轻轻地为我捋了捋额前的头发，笑着说：“你发了我10条短信，我能不来吗？”

“短信，10条？”我惊得长大了嘴巴。

“也许你发错了吧。”宋小溪依然微笑着。

想起来了，那天，我痛苦至极，想发宋小溪短信的，但编完短信又觉得不合适就没发出去，估计后来不小心摁到了手机什么键，又或者那天喝醉了，什么都不知道了。

宋小溪怪我为什么不告诉他最近在我身上发生的事情，他说他一直在找我，却找不到。他紧紧地抱着我，他的声音是那样轻柔：“你不知道我有多害怕，害怕再也找不到你了。”

我有些不敢相信自己的耳朵，但他的声音明明在继续：“其实，我第一眼就喜欢上了你，而且我也知道你喜欢我，但我觉得那时候配不上你，因为我受了前一段感情的影响，一度迷失了自己，所以一直什么都没说，一直装作不知道。糖糖，我猜你是懂的，对吗？”我点点头，又摇摇头，泪如雨下。

宋小溪为我擦去泪水，轻轻捧起我的脸，第一次那么认真地说：“糖糖，从今天起，就让我好好地爱你，我不想再错过你。”

这句话，我等了足足有四年！我该兴奋激动才是，可我却异常地冷静了。我一把推开他，从容地说：“不要。”

宋小溪呆住了，他问我为什么，我这样回答：“这是一个女孩子该有的矜持。你要狠狠地追求我，我要狠狠地拒绝你。当你经受住考验的时候再说。”

他笑了，从我身边站起，卷起袖子，伸展身体。我惊恐地问他想干什么？他大笑：“即刻起进入追求小糖糖的模式。”

看着眼前这张略带羞涩的笑脸，我似乎看到十八岁那年的少年又回来了。在岁月的光晕下，看起来如此亲切。我无法描摹我们以后爱情的模样，但此时此刻，我的确感受到了甜蜜。我想，那该是爱情的味道吧。

一封回不去的信

1

在紫藤花开满长廊的日子里，我去学校加班。路过那株缠绕攀爬的紫藤，看着那一嘟噜一嘟噜粉紫色的花，原本因加班而烦躁的心顿时平静下来。我像一只蜜蜂，贪婪地吮吸着花香，久久不愿离去。

整整一上午，我都沉浸在紫藤花的芬芳中，工作效率出奇的高，两个小时便完成了所有的任务。走到学校门口，传达室老伯喊我："黄老师，有你的信。"老伯将一个棕黄色的信封塞在我的手里时感慨地说："这年头手机、网络这么发达，还有人写信给你呀？"我笑了笑，接过信封，说了声"谢谢"。

我临时改变了回家的主意，又走到紫藤花下，想先读读这封信。信封上，是用黑笔写的字，刚劲有力、流畅潇洒。但只有我的地址和名字，没有写信人的地址。我纳闷地拆开信封，里面是一张很普通的便签，上面写了6个字：你好吗？我很好。刹那间，我有种触电的感觉。

我的思绪一下子回到了五年前绿荫葱茏的校园，钢笔在白纸上沙沙作响的声音，教室后面那个青青的荷塘，还有那个拿着速写本，食指上不慎染上蓝墨水的男生。

某个春天的日子，或许就在紫藤花开的时候，或是在一片艳阳里，你给我写下了“你好吗？我很好。”没有书信格式里中规中矩的称谓，也没有末尾的落款。你告诉我台湾作家柯裕棻写了一本书，就叫《我很好》。后来，我在学校图书馆找到了这本书，很是喜欢。

那渐行渐远的青春啊。

忽然有无数的场景像白鸽一样飞来，又在开满紫藤花的长廊上空盘旋。那是和你并肩看过的在蓝色湖中优雅舞蹈的白天鹅；是晚自习结束后在荷塘边看到的朵朵红莲；是你夹在一本课堂笔记里递过来的小字条，写着周末用自行车带我去附近的电影院看电影。

那是一条宽阔的林荫大道，梧桐树棵棵都长得很有范儿。我坐在你的自行车后座上，张开双臂，学起了《罗马假日》中最经典的镜头。你在前头“呵呵”地笑，我在后面也“咯咯”笑个不停，就像一串风铃响了一路。

我们挤在闹哄哄的人群中，你递给我一包泛着浓郁奶香味的爆米花，嘴角弯成了45度。

宽大的银幕上，奄奄一息的男主角苦苦撑着等他心爱的女孩，女孩不来，他不甘心离去的。终于女孩赶来了，男主角弱弱地问：你喜欢我吗？那女孩含泪摇头：不！

我的眼泪控制不住地掉了下来，我拿爆米花的手，碰到隔座那微颤的手。透过影院里那层暗淡的光，我看到了一双干净的眼眸，熠熠发亮。

电影的结尾出人意料，煽情的音乐一出来，女孩的眼泪便滚落了下来，她微笑着对男主角说：我不喜欢你！我爱你！男主角终于幸福地闭上了眼睛。

身边的人开始哗啦啦退场，我们俩依旧沉浸在一种莫名的情绪中。回去的路上，我们的话不多，但手牵得很紧。

无论时间过去了多久，无论香樟树下那穿着白色棉布裙扎马尾的青涩女生变成了怎样柴米油盐酱醋茶的小妇人，她都不会忘记，你一手推着自行车，一手牵着她走回校园时那一路的月光。

在女生宿舍楼前，你依依不舍地放开她的手说：“今晚月色真好。”她亦点头，对你说：“电影真好看。”

甚至没有说过一句喜欢呢。以至于多年以后，我再无机会问候你，你南下的海滨月色是否旖旎；你亦找不到借口，向我要回那一本依旧藏在我上了锁的箱子里的课堂笔记本。

2

四月的微风吹来，紫藤花扑簌扑簌地落在我的脚尖上，我抬起头，眯起眼，真的有两只白鸽掠过上空。握着薄薄一张信纸，依稀可以听见当年那紧张而又激动的心跳。

工作第一年，你带着我喜爱的书来看我。我很天真，正好看到书上有一段“微爱情”，就和你讨论起来：如果你的女朋友想要一朵站在悬崖边的花，但是去摘的话很有可能会摔死，你愿意为她摘吗？你没有半点犹豫，愿意！我笑着说，如果你连自己的命都不爱惜，那你的女朋友又怎么指望你去爱惜她呢？你摇摇头说，不，因为如果我不能给她她想要的，那么我不配爱她！

第一次说到爱，竟然是这样的对话方式。只是，我觉得你有些迂，偷偷地在心里笑你，脸上却装出一副附和赞叹的样子。其实，真正幼稚的是我。

几年前，我回到这个生我养我的小城，踏上了三尺讲台，终日与一群孩子在一起，享受着他们带给我的快乐和烦恼。我似乎很少有时间想起你，尤其是听到你已娶了如花美貌的妻。

那泛黄的一纸书信，如今越过千山万水，将我能够触摸到的一点余温，搁在我的指尖。

多想穿越千年，你是一路山水去京城赶考的青衫书生，我是在河边渡口等待一骑马蹄的浣纱女。收到你岁月迟迟中的书信，说陌上花开，陪你一起去看花。

这些年来，早已不会有人再给我写信，这古老浪漫的方式，已经在日新月异的科技里被其他方式慢慢替代。就像现在的孩子，身处在一个高科技打造的信息网络化时代，他们的眼里只有电脑、手机、机器人，他们永远不可能再去想象那些鸿雁传书、跋山涉水的爱情。

“那时候，我想你，就徒步翻越几座大山，去见你。”这在他们眼里是天方夜谭，不笑你才怪呢。

他们说，要找一个人，多快捷，可以QQ，可以微信；路远有什么关系，可以高铁，可以磁悬浮，可以飞机。但我竟是固执得没去拨打你的电话，辗转打听到的藏在心里的手机号码，想想还是放弃。

你再不可能跨过几条街，以百米冲刺的速度，拿着冰红茶来见我；我也不可能，在这没有落款，没有地址的南方城市的邮戳里，去回信给你。不过，每逢紫藤花开的时候，我总会默默地遥遥祝福你：平安喜乐！

我想，这一切都已足够。

那年高一，我们正好

1

他本来可以在县城读高中的，但中考没发挥好，最拿手的数学遭遇了滑铁卢，总分200分的试卷只得了140分，只能去一所普通的高中就读，学校离县城四十分钟车程。

开学那一天，天色很蓝，他的心里却阴霾无比，眼前所见的一切都是灰色的，灰色的校舍、灰色的操场、灰色的运动器械……嗅一嗅，干燥的空气中似乎有一股颓废的气息。

他无精打采地迈进了校园，对自己三年的高中生活充满了迷茫。突然，他身后传来一个女生的喊声："前面那个同学，请帮我提一下行李好吗？"

扭头一看，一个短发矮小的女生左手提着一个大包，身后背着一个包，右手还有一个小包，急匆匆地跑着，好像刚下车。女孩穿着比较土气，一看就不是男生喜欢的那种类型。他极不情愿地转过身去，拎起一个最大的包，和她并肩走着。

“哎，你是刚来报到的吗？”

“哦，是的。”

“你在哪个班，叫什么名字呀？”

“高一2班，张楚。”

“哈，明星嘛！嘻嘻。”女孩咧嘴笑着。

他朝她撇了撇嘴，刚想生气，那女孩又说开了：“那咱们是同班同学咯！我叫崔英英。对了，你怎么到这个学校来了呀，分数考得不好吗？”

……

五百米的路上，她的嘴像一挺机关枪，“哒哒哒”子弹扫个不停。她的好多问题，搞得他很尴尬，不回答不好，回答吧，好像要查他的户口似的。到底是从农村来的，太八卦太无聊了。他鄙夷地看了她一眼，差点将她的东西往地上扔，但想想还是忍住了，不能丢咱城里人的面子呀。

终于走到了女生宿舍楼下，他如释重负地放下了行李。正当他转身欲走时，她又在喊他：“等等，能替我送到寝室吗？这些东西也太重了。真不好意思啊！”看着她一脸的难为情，他心一软，好吧，送吧。

来到女生208寝室，已有三个室友到了，她们看到有男生上来，立马停止了说笑。他也不好意思起来，放下行李便走，身后传来女生们嗤嗤的笑声。

第二天，一大早的，他和他的几个同学找到了班级，并且抢好了座位，在班里大声地说着话，以显示他们的实力：不要惹我，哥们有人！

同学们陆陆续续地进来了，他一眼瞥见了她，崔英英。她朝他笑了笑，就在他旁边的空位上坐了下来。我的妈呀，咋坐在了我的旁边，这下我的耳朵要倒霉了，他心里直发毛。

第一节课，班主任让大家作自我介绍。轮到她，她很大方，虽然普通话不怎么标准，但声音很响亮，也很好听。“同学们好，我叫崔英英，英是英雄的英，不是《西厢记》里的崔莺莺哦！因为我的张生还没有出现呢。”好有趣的自我介绍啊，班主任带头鼓起了掌。

“谢谢大家，希望你们能喜欢我！”她深深地鞠了一躬。回到座位上时，她笑意盈盈地看了他一眼，他的脸竟一下子红了。见鬼，干吗要脸红呀？他暗暗地在心里责骂自己。

2

十六岁的花季，是最美的季节！青草疯长，花香四溢，风是飘逸的，心是轻盈的，一切的一切都散发着春天特有的气息。

一个是从农村走来的女娃子，一个是在小县城长大的阳光少年，竟然成了同桌。起初，他是一百个不情愿，一来，他已领教过她的好问，他嫌烦；二来，他觉得她穿着打扮有些土气，坐在旁边，有损于他这个城里少年的光辉形象。他喜欢前排的李晓珊，每天的裙子都不一样，就像一朵百合，美美地盛开在眼前。直到有一天，李晓珊和班上的高富帅好上了，他才停止了那份喜欢，因为他突然觉得李晓姗并没有想象中的那么美好。

每天的早读，他总是等铃声响过之后才坐到位子上，免得她又要问东问西。她却来得很早，把桌子擦得干干净净，已经在默默晨读了。

有一天，他突然觉得她身上有一种淡淡的香味。他细细品味了下，肯定这不是香水的味道，更像是一种草木的清香。而每天从她身边挤过，总能淡淡地留在心里，挥之不去。她虽然有时很八卦，却是一个勤奋学习的女生，不像李晓姗不是研究吃穿，就是研究如何玩得Happy。

他开始习惯她的存在，习惯她身上的香味，也习惯她多问的方式，当然也不再嫌她穿得土里土气的样子。有时，他会出神地看着她，圆圆的脸，圆圆的眼睛，挺好看的嘛！不知从什么时候起，她的影子时不时地浮现在他的脑中，淡淡的，忽远忽近，就像那一股淡淡的香气。

晚自习上，他总找机会跟她说话，有时问题目，有时纯粹是没话找话说。原本就能说会道的他，越发风趣，不经意间总会蹦出一两句惹人发笑的话。她总是捂着嘴巴，不敢大声笑，有几次实在忍不住了，连忙走出教室，躲在墙根下笑。班长看不惯，报告班主任，班主任专门找他们俩谈了一次话。说什么在高中阶段谈恋爱坏处多，不要影响自己，也不要影响别人等等。挨了老师的批评，她不理他了，这让他感到很难受。

一天，下了晚自习，他追上走在前头的她，两人并肩走在校园里。路旁的桂花树吐着迷人的幽香，路灯的光将两人的影子拉得长长的。不知什么时候，他拉起了她的手。她没有拒绝，只感到他的手心里热乎乎、汗津津的。

两人又回到了从前，但她向他提出了两个要求：学习第一，友情第二；你追我赶，共同进步。

他听了忍俊不禁，“你是不是村妇女干部出身，说起来一套一套的。”

她白了他一眼，说：“爱听不听。”

“听听听。”他头点得像鸡啄米。

在她的监督与带动下，他学习越来越有劲儿，成绩不断进步，连各科老师也都对他刮目相看。在高一期末测试中，她是班级第一名，全年级第六名，而他班级第三，全年级第十名！有些同学开始在背地里议论起来，各种声音都有，羡慕的，嫉妒的，有的甚至堂而皇之地谈起了恋爱。班主任大约也看出了一点点苗头，但终究没有再找他们俩谈话，毕竟他们真的没有影响学习。

他庆幸自己遇到了她，对今后的学习生活更加充满了信心。

3

高中的生活注定是紧张辛劳、寂寞枯燥的。每天都有做不完的习题，考不完的试卷。班主任每天都在为同学们敲警钟、念叨，说什么青春易逝，后悔无期；说什么不忘初心，方得始终。想想也是，若没有定力，那颗年轻骚动的心又怎能敌得住激情飞扬的豆蔻年华呢？他暗暗在内心为自己和她加油鼓劲。

深秋的一天，早读的老师没有来。当他走进教室的时候，突然发现她的座位是空的，顿时心中有一种失落的感觉，她怎么了？生病了吗？还是出了什么事情？那个早上，他不知是怎么度过的，两眼一直盯着窗外，老师讲课的内容一句都没有听进去。

下课后，问她室友，她们说不知道。又去问班主任，也说不清楚，她没有请假。他的心悬了一天！这是怎么了，自己干吗那么在乎她，难道这就是爱吗？

三天后，她来上学了，脸色好苍白，一双大眼睛亮而无神。

他轻轻地问她："你病了？"她看看他，摇了摇头说："没，我妈让我转到县城去读书，我舍不得走！"

"去县城？"他嘴巴张大成"O"型。

"爸爸和妈妈闹离婚，没有办法给我安静的环境读书，刚好县城城南中学校长是妈妈的同学，就把我转了过去。"

"哦。"他一时找不出第二句话来安慰她。

"那天报到的时候，恰巧认识了你。我知道你一直嫌我土气呢，但我还是很喜欢做你的同桌。这次，爸爸妈妈离婚了，我自己决定跟着妈妈，妈妈就让我到县城去读书，可我不愿离开这里，怎么办？"她的眼泪流了下来。

谁说少年不知愁滋味！看着她清澈的眸子，写满了忧伤，还有淡淡的烦恼，他低下头，说不出是什么滋味。能说什么呢？去县城读书是多少人梦寐以求的事啊！毕竟县城的教学质量要高很多，这样的机会是可遇不可求的。

“你什么时候走，我去送你？”他压抑住内心不断往上涌的伤感问道。

“还没有决定，想问问你的想法。”她的脸上有些羞涩，低下了头。

“县城的教学质量高，考大学的几率大，我觉得应该去，不要错过了。”他虽然内心很失落，但依旧真诚地劝着她。

“可是，在这里我也能学习好的，我们互相帮助，互相鼓励，一起考上心仪的大学呀。”她凝视着他，擦去眼泪。

“不，不一样的。你还是回县城读书，错过了再后悔就来不及了。”他说得很坚决。

最终，她转学了。临走那天，下着不大不小的雨，本来她妈妈要找车过来接的，可是她不让，说有同学送她回去。

他提着她来时的那个大包，她背着一个小包，手里拎着一个包，两人沿着来时的那条路慢慢地走出了校门。

雨，继续在下。新生报到的那一天的情景又浮现在两人的心头。雨水打湿了两人的头发，打湿了两人的衣服，也打湿了他和她那颗花季的心，凉凉的滋味。

两人并肩走着，她身上还是有着淡淡的香味，就像兰花淋雨后散发出来的幽香。还是那个刚进校门的女生，还是那样的青春，可心里却在下雨……

“送我到县城吧，去认识一下我的家，好吗？”快到车站了，她轻声说。他有点矛盾，去还是不去？

“不去了，到县城后给你妈妈打个电话，让她接你。”

“为什么？”她的眼泪又流了下来。

他放下行李，深情地看着她，说：“我要你幸福快乐！咱们大学再相见！”

雨不知什么时候停止了，太阳从云层中钻了出来，给几片乌云镶上了一道金边。

高中毕业，他考上了南京一所大学。大学毕业后又去了别的城市，再没见过她。只零星地听说，她考上了香港中文大学，后来又出了国。他渐渐忘了她。

他经历了一个又一个女孩，他同她们牵手漫步，带她们看电影、吃美食，送她们玫瑰，和她们挥手告别。只是，他讨厌下雨天。他害怕在那样的凄风苦雨里，想起一个人。

很多年过去了，他始终没有再去打听她的消息，他不想去打扰她，他只愿默默地祝福她寻找到属于她的幸福，快乐每一天！

把你写成诗

1

小城新开了一家咖啡店，名为“老徐咖啡”。店名很有文艺范儿，很容易让人联想起红极荧屏的妙女子老徐——徐静蕾。选一个靠窗的位置，点一杯清咖，什么都不想，静静地发呆。深秋的咖啡店，略显冷清，听着耳畔孙燕姿的歌声：“我遇见谁/会有怎样的对白/我等的人/他在多远的未来……阴天傍晚车窗外/未来有一个人在等待……”心情也莫名其妙地惆怅起来，抬头，眼睛在窗外游望。

蓦然，看到了窗外打电话的他，当他也恰好望见我的时候，还是忍不住小声惊呼了一下。有时，机缘就是如此巧合。

他挂了电话走进来。轻呼一口气，直接坐了下来。不用问也知道他想喝点什么，便点了他最爱的蓝山咖啡。

这感觉就像我们以前那般熟悉，没有丝毫的见外。其实我们从高考后就再也没有这样坐在一起了。真正是光阴似箭，日月如梭啊。我微笑道："马飞羽，好久不见了哦！刚才是在和女朋友打电话吗？"

他白了我一眼，笑道："黄同学，这么多年过去了，你怎么还这样利嘴不饶人。"

"是呀，我一点都没有变，你也一样。"我盯了他十秒，用微笑来掩饰我的惊讶。其实，他变了，和高中时相比，个子更高了，也成熟了很多，但眼神貌似没有以前那般清澈，有一种让人捉摸不透的迷离感，头发也不像以前那样修剪得短而整齐，唯一不变的还是那张白皙的脸。

"哎，听说，你现在写小说？有没有写过关于我的故事？"他开玩笑地说道。

"没有，和你没有故事可写。"我顿了顿，夹了一块方糖丢进了咖啡中，用勺子轻轻搅拌着。青春的往事如杯中的咖啡氤氲着芳香，曾经的一点一滴如电影镜头般一帧帧浮现在眼前。

2

我从没有想过还会有那么一天，当我们四目相对的时候，我竟还能如此平静地坐在他的对面。说实话，我从来不会写下与他有关的一点一滴，关于他的所有记忆，我只想静静地放在心底。我以为，时间久了，就会把他慢慢地淡忘，直到再次遇到了他。

回想在写字的这些年里，笔下的文字都是充满美好的向往，友人看后都会戏谑般道：“真羡慕像你这些对生活对爱情充满美好憧憬的人。”其实，关于爱情，关于那时候的故事，一些话语，一丝念想，关于我所爱的那位少年，我一直都没有真正写出来。

那年高一，开学的第一个星期，我所在的班级是二班，他在四班，我们的教室楼层都在二楼。下课后，我一个人无聊地站在教室门外的走廊听歌。那时候智能手机还未流行，大多数的同学都还在用MP3，连音乐都是随机播放的。不可否认，我的性格有点孤僻，因为不喜欢听到教室里的纷扰，希望能享受一个人的美好时光，便把音量调至最大，大到在我的世界里只有王若琳的清凉的声音。

一个穿白衬衣的男孩从我跟前走过，不小心被我的脚绊了一下，我还没来得及说对不起，他倒先向我道歉了。看着他洁净的白衬衣，一张略带羞涩的脸，我精神恍惚了下。要知道，我天生对穿白衬衣的男生有好感。

我的视线追随着他的背影，渐行渐远，直至走下楼去。此刻耳机里刚好传来了一句干净的女声，“我遇见谁会有怎样的对白，我等的人在多远的未来……”或许，他注定成为我大半个青春所要等的人。那一年，我十五岁的青春里存留着他的影子。

后来，我开始打听关于他的一切，比如兴趣爱好、家庭住址、手机号码等等，还知道他有一个好听的名字：马飞羽。

从那以后，每当下课的时候，我变得最积极，总是第一个冲到教室门外的走廊上，看着他班上的男生在走廊上打闹，却极少看到他的影子。他没有出现的时候，我几乎每次总有些许落寞；当他刚好走出教室门口时，我就会莫名其妙的欣喜若狂，然后假装不以为然。

他的电话号码我一直保留至今，也不是没有给他打过电话，依然记得，第一次拨通他的号码时，都紧张得不敢出声。直到他在电话的那头问了好几声，我才支支吾吾地说了句："你好，节日快乐！"那天是五一节吧。他温润略带磁性的声音在话筒中传来："谢谢，请问你是？"我沉默不语，一会他又问道："请问同学，我们认识的么？"我还是不知道该如何出声，等我鼓足勇气正想告诉他我的名字时，他却把电话挂了。听着话筒"嘟嘟"响的声音，我在心底默默说着："我是隔壁班的同学。"

有人说过："我爱你，与你无关。"我想，这就是年少时的爱恋，就像我喜欢他，他并不需要知道。傻傻的爱恋，明知是不会有美好的结局，但还是选择做一只扑火的飞蛾，演绎着一个人的欢喜与落寞，沉醉于自导自演的狗血记忆桥段中无法自拔。

3

升高二，文理分科了，好不容易打听到他选了理科。我不顾父母的提议，放弃了自己喜欢的文科。就这样，我和他分在了同一个班级。不过有点可惜，我坐在教室最前一排位置，而他却坐在最后排。就算是在同一个班级，可我们还是没有任何的交集。

每天我都不敢往后找他的身影，我只是想象着他会不会看着我的背影，会不会盼我转过身来。只有逢到考试，我才会明目张胆地朝后看，因为老师要让我们往后传卷子。趁递卷子的间隙，我偷偷地朝他望去，有时恰好与他的目光相遇，便又故作自然地收回目光，把头转到另一边。这是我一个人的小秘密，从来都没有和谁说起过。

这些细节，也从来都没有出现在我的日记本里。我承认自己有时很自卑，不够勇敢，连他的名字都不敢在别人面前提起。

从高一到高二，唯一的一次交集是在那个雨天。可遇见了那又能如何？不过是在最美好的时光遇见，留下的仅是一脸的苍凉。

那天傍晚，去学校上自修的路上，突然下起雨来。等了半小时，雨还是淅沥沥地下个不停。上自修的时间快到了，可还没有遇见一位认识的同学，一个人站在屋檐下跺脚着急。看着雨完全没有停的意思，只能祈祷了。

或许是上帝真的听到了我的祈祷，在雨帘中出现了一个最熟悉不过的身影。我的心跳马上加快了。是他，他撑着一把蓝格子的伞经过，也不知道那时哪来的勇气，冲他拼命地招手大喊："同学，这里，在这，能不能送我一下，我没带伞。"他友好地向我走来。就这样，我们在同一把伞下肩并肩地走着，但我们之间没有任何的话语，有点兴奋之余还带些小尴尬。身体间偶尔有点摩擦。

雨滴落在伞上啪啪作响，第一次与他靠那么近，近到能闻到他白衬衫上散发出的淡淡的薰衣草香味。那晚，我嫌路太短，短到都来不及说再见。

之后，我不再喜欢带伞出门，只为了还会有那么一天我们能在雨中再次相遇。然而，我亲爱的少年并没有在雨中与我相遇。后来，我在好几家店里终于找到了一把和他那天所撑的一模一样的伞。那伞我一直放在我的衣橱最里面，从来都没有拿出来撑过，只想等着有一天，我老了，老到快忘记所有的事情了，就可以拿出来安慰一下自己也曾在年轻的时候深深喜欢过一位少年。

4

我们是从什么时候开始才彼此熟悉？我想，定是十七岁的那年。如果不是高二下半学期的时候重新换了位置，而他刚好坐在我的背后，刚好教室外不知名的花开得正盛，我想我十七岁的青春定是寂寞的。

因为前后座的关系，我们彼此熟络起来。他写的字的确漂亮，常常看见他在各种有图案的便签纸上写字，写古诗，写歌词，有时也写我的诗歌。写到最后，他都要签上自己的大名，一个“飞”字尤其显得天马行空。他对我说：“你写诗，我写字，咱们合作出一本手工诗集，多好。”可惜，紧张的学习终究冲淡了我们的热情。

有一天，他突然故弄玄虚地说要考考我：粉笔擦滑过黑板先生的那一刻，粉笔小姐为何哭了？这是啥问题，爱情童话故事吗？我笑着摇摇头。他一本正经地打断了我的笑声，低下头在一张卡片上写道：粉笔小姐会哭，那是因为，她终于发现她用生命在写的爱情，那些原以为会刻骨铭心的片段，竟真的敌不过黑板擦的轻轻一挥。

“哈，玄。”我看着卡片上那些清秀的字，依然笑着说。笑过之后，却不由得陷入了沉思。天知道，那时候我是被他的字迷住了，还是被他讲的那个有爱的小故事迷住了。

更多时候，我依然在读我的小说，他依旧在花信笺上写字。然而，我们似乎有心有灵犀的时候，每当他写完字时，我正好从小说中抬起头来看他。我们相视一笑，省却了好多话语。

我们就这样各自安静着，一言不发，偶尔转过头看看远方，其实这也是件挺美好的事。

5

随着高考日的来临，青春的潮水汹涌而来，打破了原有的规律。每个人都像困顿的小野兽，所有的一切都变得动荡不安，或许这便是青春里所谓的兵荒马乱。大家都在各种试卷中冲锋陷阵，直拼得筋疲力尽，头破血流，但依然要奋力往前冲，不敢有丝毫的懈怠。

那些煎熬的日子，和试卷厮杀的不见光影的枯燥生活，在时光中一点点沉淀下来，成为灰色调的底色，而他是这底色中唯一的亮点。

天空凝重昏沉，无精打采的白炽灯，教室里的脑袋像被风刮歪的稻草。沉默地听课，安静地做笔记。一些美好的事总在不经意间诞生。一开始，它悄无声息，直到坐在窗边的他嘀咕了一声：雪！这个字像一道闪电，让昏睡的我以及同学们嗅到了白灿灿的惊喜。

铃声一响，他带头冲出教室，先是和同学们挤在寒风阵阵的过道上，看雪花片片落下，后来干脆跑到楼下打起了雪仗。我看见他的笑容，比六月里的阳光还要灿烂。

离高考仅剩一个月，我们都在教室里安静地做题。

“你以后会去哪一座城市？是留在这儿，还是去很远很远的地方？”我转身问坐在背后对着试题正愁眉苦脸的他。

“那你呢，会去哪儿？”他反问。

“高考后要是不读书该多好，我就可以像三毛一样云游四方，认识不同的人，过着并不寂寞的生活。”我的语气里充满了对远方的向往。

“云游四方，你说得倒轻巧。你知道什么是流浪么，开始的时候充满了憧憬，可当你到达目的地后，所有的激情都会变为原有的孤独。何况一个找不到东南西北的人居然去流浪。好吧，我笑了。”他翻了个白眼，戏谑般调侃。

“唉。”我一时有些惆怅。

离别的日子终究来到了。或许害怕别离吧，我没有去参加那天的毕业晚会，而是一个人坐在学校运动场的看台上喝酒，苦涩的味道，直到现在我都还记得。

有些许的遗憾，如果，我只是说如果，如果在高中最后的那天晚上，我有勇气参加那场晚会，有勇气告诉所有的人，我一直喜欢着他！那么，后面的故事是否会不一样？

6

“喂，老同学，说说你的大作吧，何时又签名售书啊？”他的手在我眼前晃了晃，瞬间把我拉回了现实。

我微笑着说：“你何时关心起这个来，你该关心今夜的粮食、蔬菜……”

他不好意思地笑了，转而又问道：“现在过得怎么样？为什么高考后就失去联系了？”

我没有马上回答他的问题，而是问了他另一个问题：“你十八岁的青春里是否曾经有我？”

他挠了挠头，搞怪地说了句：“吵架拌嘴算么？”

“算是吧，但我有和你吵过么？没有的事。”

“哈哈，对，挑起事端的总是我嘛。你是一个好姑娘。”

“你说，一个人总感觉还活在十八岁的青春里，这是成熟还是幼稚？”

“这样的感觉不是很好吗，说明你一直很年轻。哈哈！”

“不正经。”我白了他一眼。

“好，说正经的。其实吧，青春只是一种信仰，要相信未来会更美好。”

他说的也许是对的。我用力地握了握他的手，向他告别：“谢谢你，给了我一个答案。”

从咖啡店出来，我突然有了一种倾诉的冲动，我决定将那些关于他，关于我，关于情窦初开的情感故事，记在我的文字里。你可以说我蠢，但我在自己的身上依然看到了青春，因为青春就是永不觉悟。

想念一碗面的味道

1

认识唐宁，是在高二的夏天。

那时候我家附近的花园路电影院还没拆，我经常去那看电影。电影院东边有个叫“西市”的小市场，破破烂烂的生意却特别火爆。记得那年街口来了个卖面条的，连个店面都没有，生意却十分红火。我最爱吃那家的炸酱面。暑假里，睡起懒觉没完没了，等我起床，已是日上三竿，于是就去面条店来一碗炸酱面，心满意足，当然也算是完成了每天的早餐仪式。唐宁就是这家面条店主的儿子。

因为我常去吃面条，去得多了渐渐便与店主熟络了。唐宁爸络腮胡子，脸有些黑，很健谈，说起话来十分洪亮。唐宁妈眉清目秀，话不多，看上去有些腼腆。唐宁爸告诉我，他们是从河北唐山来的。唐山大地震那年，他们家离震中灾区隔得稍远些，故得以幸免。为了养家糊口，他们经人介绍，不远千里来到了我们这个小城。唐宁则和姐姐留在老家读书，放寒暑假才能过来与父母团圆。

有一次，唐宁爸问我读几年级了，我告诉他下学期要读高三。他听了兴奋地说他儿子和我一样，下学期也读高三，而且成绩不错，老师说考个“一本”没问题。这小子志向还够大的，说要考上海的复旦大学，他一直很喜欢南方。哎呀，我们就怕以后真考上了复旦大学，再娶个上海媳妇回来，啧啧啧……唐宁爸爽朗的笑声震得我都拿不稳手中的面条碗了。那一次，我没有跟唐宁爸说我也喜欢复旦大学。

初次见到唐宁，我有些惊讶。瘦小的个子，皮肤很白，准确地说是苍白，看上去像是营养不良似的。他逢人便笑，笑容很阳光。“炸酱面来咯！”他吆喝着端给我一碗面条。真没想到他人小嗓门大，我原以为他说起话来会很娘的呢。我吃着面条越想越觉得有趣，好几次差点将面条笑喷出来。

唐宁家的炸酱面真的好吃。尤其是那酱，找到了甜咸最佳的临界点，令人百吃不厌。唐宁告诉我，炸酱面好吃的关键就是酱，这是他们家的家传秘方。

唐宁也会煮面。有一天，我起得比往常要早些，来到面条店，吃面条的人很多，几乎没有空余的桌凳了。腾腾的热气后面，露出一张年轻的脸，脸上满是汗水。原来是唐宁在忙着煮面，她妈妈则来来往往地端盘子端碗。

“你也会煮面，唐师傅呢？”我惊讶地走上前去问。

“呵呵，我爸有事回老家了，这两天我替他做事。”唐宁顾不得抬头，舀起一大碗面条，然后又麻利地添上白菜、扁豆、黄瓜、萝卜丝等组成的菜码，浇上炸酱，递给我。

一大碗面条不一会儿便被我吃了个底朝天。唐宁的手艺不错，与往日唐师傅煮的基本没有差别。

我走的时候，唐宁还在忙碌，不过，他扯着大嗓门跟我喊：“明天再来哈！”我朝他挥了挥手，笑着说：“当然啦！”

2

一连几天，我吃的都是唐宁煮的面条。有时，唐宁乘生意的间隙跟我闲聊，他说：“面条煮过三滚，略有一点硬就可以出锅了，这时候的面条劲道恰到好处。”他还说：“我们那里吃炸酱面，还要配大蒜吃。往往是一大碗面条，来一头大蒜，大吃大嚼，那才叫一个有味。”我被他说得直口舌生津。有一回，我从家里带了一个蒜头去，照唐宁说的吃起来，妈呀，熏得我直冒眼泪，赶忙吐掉了。唐宁见状，哈哈大笑。唐宁妈妈也在旁边捂着嘴巴笑。我狼狈地朝他白了一眼，说：“就怪你，出的啥馊主意。”“好了好了，今天的面条免费。”唐宁做了一个鬼脸说。

从那天起，我和唐宁接触的时间多了起来。我不再赖床，每天都起得很早。除了吃面，我还给唐宁帮忙端碗端盘子。起初唐宁不肯，说自家店小，付不起小费的。我嗔怪道：“谁要小费啦，我是完成学校布置的社会实践活动任务呢。”这话还真不假，我们学校每个寒暑假都会布置社会实践活动作业，开学后还要交上相关的表格。以前，我都是胡乱填填的，有名无实。这一次，我可以真刀真枪地填了。

唐宁见拗不过我，便任我在店里帮忙了。我越来越觉得和唐宁聊天是一件很快乐的事。他会跟我聊面条，关于面条，他仿佛有说不尽的话。

他问我："你爱吃刀削面吗？"

"喜欢。凡是面条，我都喜欢。"

"炸酱面的关键在于酱，而刀削面的精髓在于面。'一叶落锅一叶飘，一叶离面又出刀；银鱼落水翻白浪，柳叶乘风下树梢'说的就是刀削面。"唐宁滔滔不绝地说着。

我听得入迷了，一种简单的面食居然有这么富有诗意的句子，令我一下子对刀削面充满了强烈的渴望之情。

唐宁还在添油加醋："刀削面可以搭配各种浇头，肉丁炸酱、大炒肉、小炒肉，三鲜打卤……"

"打住，打住，我肚里的馋虫要被你勾出来啦！"我急得差点要用手捂住他的嘴巴。

唐宁看着我，仰天长笑。

唐宁妈妈走过来，拍了拍唐宁的头说："别逗人家姑娘，看你皮的。"

后来，我们还谈了各自学校里的各种趣事，谈了自己最喜欢的歌星、电影明星，甚至还谈到了今后最想读的大学等等。总之，那个夏天，我们成了无话不谈的好朋友。我还主动约唐宁去海边看了一次日出。

3

那天凌晨，我们早早地来到海边，几道浅红色的霞光已经出现在东方。唐宁兴奋得像个孩子，对着海的方向又喊又跳。

放眼望去，海的尽头处几道红色已加深，忽然之间，太阳像破壳的鸡蛋，柔和地浮出海面。红色的光晕越来越浓，越来越广。转眼间，太阳一跃而起，完全脱离了海面，周围的云朵都被染成了金黄、红蓝、青紫……我们面对大海静静地坐着，听海浪敲打堤岸，看鸥鸟追逐浪花。

“过几天，我就要回唐山了。”唐宁第一次说话那么小声。

“嗯，马上就要开学了。”我心里有些莫名的失落。

“等我高三毕业，我还会来的。”唐宁露出灿烂的笑容。

“要来，我还等着你给我煮面吃呢。”

“呵呵，嗯，那说定了。”

“说定了。来，拉钩。”我朝他伸出了小指头。

“拉钩上吊一百年不许变。”我们俩像童心未泯的孩子，在大海边拉钩发誓下个暑假再见面。我相信，大海也听见了我们纯洁美丽的誓言。

好时光总是一晃而过，暑假就要结束，唐宁要回老家读书了。他离开小城的那天，我照例在他们店吃面条。这天，唐师傅在，但面条是唐宁煮的。唐师傅已经跟客人说了：“今天，我儿子就要回唐山了，让他再给大家煮一次面。”客人纷纷赞成，说：“小唐煮面得到了你的真传，不错的。”

唐宁给我煮了满满一大碗，浇头也特别多。可我胃口出奇的不好，只吃了小半碗。

“怎么，不好吃？”唐宁过来疑惑地问。

“不是，今天我的胃有些不舒服。”我轻声说。

“哦，那你以后要注意些，胃疼最难受了。”

“谢谢。”

“我中午十二点的车。要走了，还真舍不得。”唐宁的嗓门依旧很大，不知他是说给我听的呢，还是说给大伙听的。反正客人们都说：“下个暑假再来哈。”

“我当然要来啦，我还要给你们煮面呢。”唐宁特地朝我看了一眼。

后来，我也开学了，吃面条的机会少了。因为我是住校生，只有逢放假，才能去面店吃一碗我超级喜爱的炸酱面。

4

高三的夏天，唐宁没来。因为，他的父母早就不在我们小城做生意了。我们小城搞大拆大建，就在唐宁回老家后三个月，“西市”附近全部拆掉建高层住宅。听说唐宁父母去了别的城市，具体去哪儿，谁也不知道。我真后悔当初没有跟唐宁留下各自的联系方式。

7月，我如愿拿到了梦寐以求的上海复旦大学入学通知书，不知唐宁是否也考上了这所大学，但愿能在复旦校园里遇见他。

拿到通知书的那一天，我特意去了小城一家很有名气的面馆吃炸酱面。可没想到是败兴而归，这面条与唐师傅家的面条简直是天壤之别。我还是想念唐家的面条。

上了复旦，我没有遇见唐宁。每次走在校园，我总是睁大眼睛四处搜寻，都没有发现唐宁的身影。或许校园太大了，我们总是错过也说不准。

有一天上完夜自修，我忽然觉得肚子空空的，可宿舍内没有任何吃食。于是我走出校园，看看能有啥吃的。附近的好多店都已打烊了，我走到拐角处看到一家小店还亮着灯光，原来是一家新开的面店。

我说，来一碗炸酱面。

老板娘点了点头，便到后面厨房去了。我听见厨房里有人开火，煮面的声音。

不一会儿，面上来了，我吃了一口便停了下来，愣愣地看着那碗面。

“怎么，有什么不对吗？”老板娘走过来紧张地问。

“没，没，这面……”

“咸了？糊了？哎呀，对不起，这面是我老头子煮的，估计太粗心了。”老板娘没听我说完便一个劲儿地向我道歉。

“阿姨，我是说这面条太好吃了。”我赶紧解释道。

“这样啊，那我放心了，呵呵。你慢慢吃，慢慢吃。”老板娘笑成了一朵花。

“谢谢您。谢谢您丈夫煮的面条，非常好吃，让我找到了一种亲切熟悉的味道。”我感动地说。

“喜欢以后常来啊！”老板娘热情地跟我说。

那一刻，我多么希望那个给我煮面的就是唐宁啊！

咖啡香

1

“为什么每次来都给我喝Rum Coffee？”

“因为第一次来你就喝这个呀！”

“好吧，那为什么只给我这个？”

“因为你适合，他只属于你。”

“……”

她微笑着，突然就闻到弥漫在空气里那种熟悉的植物香气。是的，就像那种清凉透心的薄荷味道。Café，是一家咖啡小店，就开在她的学校旁边。店名简简单单，非常好记。她从小就喜欢简单的东西，因为不需要伤神，也就缺少了纠结。

跟她说话的就是Café的主人，文艺男青年，瘦高个儿，留了微长的发，在脑后扎了一把。穿款式简单的棉麻衣，戴一串小叶紫檀手串。若走在大学校园里，想必没有谁会否认他是个搞艺术的。

第一次去Café，完全是不经意地闯入。

六月黄梅天，说风就是风，说雨就是雨。那天大雨倾盆，刚刚失恋的她像一只无助的小鹿一头撞进了Café。挑了一个靠近窗户的位子，落寞地看雨水沿着玻璃往下淌，看街上行人在雨帘中穿梭。

她有些烦躁，这恼人的黄梅天，让人的心也跟着发霉了。服务生走过来，问她要喝些什么。她抱歉地微微一笑，说："一杯Rum Coffee，谢谢！"因为她全身湿漉漉的，座位也被洇湿了。

这时候，那个扎辫子的Café店主，走了过来，递给她一条柔软的毛巾，说："擦擦吧。"她抬头看到一双澄澈的眼眸，脸上带着淡淡的微笑。从Café走出来，她已把他记在了心里。她的直觉告诉自己，他们应该是处在同一频率的人，所谓同一类人。

她刚刚失恋八小时，前男友是中文系里的男一号，她是女一号。在别人眼里，他们无论是颜值还是才气都是最般配的一对儿。连她自己也认为，他们是可以奔着结婚去的。她打算十一长假，带他去见自己的父母。可天有不测风云，他移情别恋，爱上了中文系里的女二号，而女二号正是她最要好的室友。她恨他，兔子还知道不吃窝边草呢，谁都可以爱，就是不可以爱自己的室友。

2

失恋的人往往会借酒消愁。她不会喝酒，也讨厌喝酒。

她爸爸是个酒鬼，无酒不欢。她是看着爸爸喝酒长大的。每一次，他都喝得酩酊大醉，酒醉后还要动手打妈妈。每次看到两个大人纠缠撕扯在一起的时候，她就害怕极了，瑟瑟发抖地躲在角落，不敢哭出声。所以，她的童年基本上是在提心吊胆中度过的。

在她十六岁那年，她妈妈终于忍受不了了，连夜带着她离开了那个已毫无温暖可言的家。所以，她发誓以后要找一个滴酒不沾的人。男一号是一个滴酒不沾的人，可他沾上了滥情。滥情与酗酒一样令人可恶。她一想起这件事儿就气得浑身发抖。

她爱上了咖啡。原来咖啡与酒一样，一旦喝上，同样会上瘾。

每个双休，她都将大把大把的时光耗费在Café里，喝着咖啡，听着音乐，发着呆。她喜欢Café里流连的暧昧味道。甜蜜的、忧愁的，如同某一种植物。

有一天，她心血来潮，泡在Café里整整一天，写一个爱情小说，故事的原型就是自己与男一号的爱情。

室外，雨下了又停，停了又下。店里，客人换了一拨又一拨，唯有她静静地坐在那个角落，不停地敲打着键盘。咖啡续了一杯又一杯，眼泪落了一次又一次。她已完全沉浸在自己的文字里了，不觉得饥饿，不觉得寂寞。期间，店主人走过来两次，一次是中午时分，他送来一碟小点心。她三下两下全部吃完了，淡淡的香草味道，很好吃。另一次大约在黄昏吧，他给她送了一份水果。她感激地抬头看看他，看到了他那关切的眼神。

夜已深，她起身合上了电脑。看了看手表，离咖啡店打烊的时间只差十五分钟。她决定给他看看小说，她猜他是个喜欢文字的人。

他饶有兴致地读着她的小说，一边读，一边不住地点头。

“说说你的读后感吧。”

“我觉得这小说的背后隐藏着很多东西。”他慢条斯理地说。

她内心不由得怔了一下，故作轻松地说：“哈，那你看出了些啥？”

他不好意思地笑了笑，换了一种口气，说：“这么说吧，故事情节很接地气，仿佛就是我们生活中的人和事。尤其是女主角，温婉可人，才气横溢，可惜，遇到了一个不该爱的人。其实，故事的结尾可以改一改，不要那么悲伤嘛，那个女主角应该走出阴影，阳光生活。”

接着，他又说：“不过你写得很棒呢，我是瞎说的，我不会写，书又读得少。”

“哈哈，你真谦虚。谢谢你的建议。我也纯属写着玩玩的。”

走在如水的月色里，她突然感觉步履轻盈起来，失恋的阴影渐渐的像气泡被蒸发掉了。

明天，一定是晴天。她这样想着。

3

她成了Café的常客。但与店主之间的交流依然不增也不减，不浓也不淡。彼此的问候也不过点头微笑。他喜欢给她一杯需要很久才上的咖啡。其中理由，当然不得而知。她也不想仔细追寻。经历了一次失恋，她已懂得命里无时莫强求，一切随缘。

有一天，店里来了一个女孩，也是细高个儿，长得很水灵，像一朵夏日里的栀子花。女孩在前台不停地忙碌着，脸上始终阳光灿烂。女孩似乎很喜欢店主，空闲的时候，总围在店主身旁转。她纳闷，这女孩看着很年轻，会是他的谁呢？

偶然之间，她听说那女孩原来是他的表妹。而且还听说店主已有家室。不知为什么，她的心里突然泛起一种莫名的淡淡的忧伤。

她依然喜欢独自泡Café。喜欢看那女孩在店主身旁转，像一只快乐的小麻雀。喜欢看店主用修长的手指夹着雪茄，面带微笑。喜欢喝店主亲手给她调的Rum Coffee。她依然会把自己写的小说给店主看，有时两人会就故事的情节、语言和人物设置等发生争执，但都很短暂。

她把Café当成了心灵驿站，在Café里度过了一段安静淡然的时光，也写下了很多纯真美好的文字。

毕业那天，她最后一次去Café。

“今天可以改变一下口味吗？”她嬉皮笑脸地问他。

“好。你要喝什么？”

“Coffee。”

“要加些别的吗？”

“The Coffee adds a little Rum。”

“呵呵，就知道你调皮。”他像个亲切的兄长，嗔怪道。

那杯咖啡，她第一次喝得那么耐心，那么滋味绵长。

喝完咖啡，她告诉他，她的家乡在美丽的海边小城，有金色的沙滩，有鲜美的鱼虾。若他以后有机会来小城，她一定会尽好地主之谊，带他看大海、坐牛车、吃海鲜。他微笑着，向她伸出了手，两人用力握了握。

四年的大学生活结束了。青涩的大学时光同友情、爱情一起画上了圆满的句号。

步出校园的她，深深吸了一口气，蓦然发现，天空是那么深远，那么蔚蓝，空气中到处充溢着好闻的植物香气。

再见，亲爱的大学！再见，难忘的旧时光！

迟来的道歉

1

父亲出殡那天，我竟然见到了他。二十年没见，我还是第一眼就认出来了，是刘仪伟。当年那个浓眉大眼，面容清俊，看上去文文弱弱的书生，如今腰粗肚圆，越发瓷实了。唯一没变的是，眉眼间依然朴实真诚。

我们不约而同地向对方伸出了手，两手相握，千言万语无从说。我只听见他在我耳边说：“坚强，要坚强。”

我泪如雨下。过了好一会儿，我擦干眼泪，抬起头望着他，郑重地对他说：“对不起，当年——”

“我懂，什么都不要说了。”刘仪伟打断了我的话，又一次紧紧地握住我的手。

2

这句“对不起”整整迟了二十年！

那一年，我们有着花样的青春，怀着美好的理想，一起走进了师范学校。宽松的学习环境，友善的老师和同学，浓厚的学术氛围，令我越来越痴迷于文学。

我偷偷喜欢上了文学社里的陈同学。陈同学在隔壁班，一米八的个子，阳光帅气又有才气，诗歌、散文经常在报刊上发表，是女生们心目中的白马王子。而我自知相貌平平，就像一朵无人注意的小野花，在小小的角落里自开自谢。我把那份喜欢深深地藏在心底，拼命地写作，争取早日与陈同学并肩而行。

喜欢，有时真是一味神奇的兴奋剂。因了那份喜欢，我在写作的道路上越走越远。

一天晚自习，我发现桌肚里有一张纸条。我怦然心动，莫非是陈同学递过来的纸条？若他说喜欢我，我是不是直接回应：我也喜欢你。我深深吸了一口气，轻轻展开纸条，一行清秀的钢笔字映入眼帘：你用甜甜的笑容感染着我们孤寂的心灵；你用暖暖的文字滋润着我们单薄的日子……一连串的排比句，多像一首赞美诗。看到最后，落款：刘仪伟，我失望极了。我怕被其他同学看到，偷偷地撕碎了纸条。我不稀罕这样的喜欢，我只在意自己喜欢的人。

青涩的爱注定是寂静的。我依旧在安静的文字里书写着自己的欢喜与忧伤。

3

学校的食堂真是人满为患，每一次都要排很长很长的队伍。有时去得晚了，只剩下一些残羹剩汤，好几次，我都沮丧地拿着空空的碗发呆。

羡慕身边恋爱的女孩子，不用自己排队，男友早就把热腾腾的饭菜打来了。那一刻，我竟然有了一种向陈同学表白的冲动。难道为了解决吃饭问题就可以不顾一切么？我被自己冒出来的念头吓了一大跳。

我终究没有勇气去表白。但每次，我都会在打饭的队伍里搜寻陈同学的身影。只要一看到他，我就会变得格外安静，格外有耐心，心情也更加晴朗起来。

有一阵，我突然发现有女孩子替陈同学排队打饭，看着他们有说有笑，亲密的样子，我心里有说不出的酸。我渴望有一天，陈同学也为我打好饭菜，或者我给他准备好，心意宁静地在饭桌边等他。这样的臆想，总能在瞬间给我带来些许快感。

为了排遣等待的无奈，我每次都带上一本书，边排队边看书。

“来，你先到前面去打饭吧。”我从书本里抬起头，刘仪伟正憨憨地朝我笑着，他见我愣着，便指了指队伍前头，说：“我那位置让给你，你先打，我排这里。”

我还想推让，队伍里已有人不耐烦了：“你们还打不打啊？不要浪费大家的时间嘛。”

我只好走到刘仪伟的位置上，那一天，我吃到了久违的热气腾腾的红烧狮子头。

接下来的情节就很老套了，刘仪伟每次都排在我的前头，每次都把位置让给我。有些女孩子像是发现了什么苗头，便开始乱嚼舌头：看看，人家待遇多好。还是谈个恋爱好啊，排队吃饭都有人罩着……

听着闲言碎语，我心里特别不舒服。有一天就对他说："不要你献殷勤，我不需要。"

刘仪伟一开始没做声，但我能捕捉到他脸上有一丝丝的失落。过了一会儿，他故作无所谓地说："得，还不是凑巧嘛。谁让咱有颗乐意助人的心呢？"

刘仪伟依旧隔三差五地排在我的前头，可我竟然对他厌恶起来，心里咒骂着：你干吗像只大头苍蝇一样缠着我？其实，我清楚，这种厌恶感是因那天看到陈同学为一个女孩子打饭引起的。

由爱生恨，很容易。因为，我们的内心还不够强大。

4

一天，我走进教室刚坐下来，刘仪伟走过来像一阵风轻轻落在我的左侧位置上，继而拿出书看起来。

"我同桌一会儿就来。"我懒得去看他，冷冷的语气像十二月里的冰。

"哦，你不知道吧，我已经跟她换座位了。"刘仪伟的声音有些羞涩。

“啊，为什么？”我抬起头，一脸惊诧，声调高起来。

“这个，这个……我喜欢……”刘仪伟结结巴巴的，声音越来越小，最后几个字我根本就没听清楚，也不想听。

周围的同学都在朝我们这边看，有的窃窃地笑，有的小声议论着：“这不明摆着嘛，刘仪伟喜欢我们的才女呗……”“可我们才女好像喜欢隔壁的陈同学……”“陈同学不是有女朋友了吗？……”同学们阴阳怪气地说开了，有几个好事者还朝刘仪伟竖起了大拇指，不怀好意地做着鬼脸。

“对不起，请你回到原来的位置。”我恼怒地对刘仪伟说。

刘仪伟尴尬极了，张着嘴想要说什么，可最后还是无言，埋下头继续看书。

见他无动于衷，我气不打一处来，牙缝里硬硬挤出三个字：“真无耻！”然后伸出手，把他的课桌掀了个底朝天。

啊！教室里一片哗然，刘仪伟惊呆了，脸涨得通红通红。

我夹了本书，扭头冲出了教室。

第二天，刘仪伟和我同桌换回了各自的位置。从此，我和他虽然只隔了几排课桌，但就像隔了一片深深的海。我们的目光再也没有互相触及过。

5

我知道刘仪伟是怨恨我的。毕业典礼上，同学们都在互相写临别赠言，唯独我和他都没给对方写只字片言。当然，我也没给隔壁班的陈同学留言。

青春年少，我们就这样彼此辜负过，彼此伤害过。岁月由深到浅，我内心的愧疚却愈来愈深。

毕业后，班级建了QQ群。我知道“落花无言”是刘仪伟的昵称。有一天，我在群里发言，忽然发现“落花无言”原本亮着的头像一黑，不一会儿，我便收到了他退群的提示。我内心一阵唏嘘。仁慈的时间老人终究未给我们原谅对方的机会。

从别的同学那里打听到有关他的一点点信息：分配在一个乡村小学，默默无闻地教书，言语不多，很少与其他同学来往。结婚那年已年过三十。

我想起曾经的他来：开朗朴实，爱好文学，笑起来的时候特别憨厚。

后来，每次搞同学聚会，我都希望能见到他，想当面和他说声对不起。可是每一次都没有他的身影，我只好在心里默默地说声对不起。

6

青春是一席华丽的袍子，一不小心便爬满了虱子。我们只顾贪恋着自己的内心，却无暇去顾及对方心灵深处那个柔软的角落。当我们幡然醒悟的时候，已是青藤满墙，岁月渐苍。

我从未想过还会见到刘仪伟，而且是在我最黑暗的日子里。

生活磨平了刘仪伟的棱角，但他的眼神却一如从前般干净热切。在他的眼睛里，我看到了那片曾经被我忽略了的蔚蓝的天空，我看到了他那颗柔软的、良善的心。

送走父亲，我整个人像被掏空了一样。刘仪伟是最后一个跟我告别的，他只说了三个字：“你要好。”

这三个字，就像二月的春风，一下子吹开了尘封二十年的心扉。

与流星擦肩而过

1

他叫王力宏，跟歌星王力宏一个名儿。进入师范第一天，作自我介绍的时候，他嬉皮笑脸地说：“我叫王力宏，但我的长相不如王力宏，我的歌声也不如王力宏，唯一比王力宏行的就是我会踢足球。”说完，还做了一个特别帅气的射门动作。他那别具一格的自我介绍把我们逗得哈哈大笑。以至于，每次老师提问到他，喊他的名字，我们都想笑。

王力宏，其貌不扬，但十分阳光，口才极好，且是我们学校的足球队队长，因此，受到了几乎是全校女生的热情追捧。只要他在场上踢球，保准操场边围满了女生。

“王力宏，还没吃早饭吧？给，这是我刚买的早点。”“王力宏，明天我生日哦，你可一定得来哦！”“王力宏，我这里有两张电影票，可不可以晚上陪我去看电影啊？”“王力宏，虽然今天是愚人节，我还是郑重地告诉你，我喜欢你踢球的样子！”……如此多的女生为他着迷，他却表现的像是个局外人一样——“哈哈，我刚吃饱呢。这样吧，我哥们正好还饿着，给他尝尝？”“真不巧唉，我奶奶明天80大寿唉，你的生日我下次去吧！要不嫌弃我的破嗓子，现在我就给你唱个生日快乐歌，提前祝福你吧？”“晚上看电影啊！可我已经答应我哥们去K歌啦。”“喜欢我的样子？啥样子？只要不是熊样就好，哈哈！”……烂透了的借口常常是他敷衍女生的武器，无奈任凭他这个样子，女生们依旧默默地在他身后喜欢着他。

我的同桌叫王海蓉，她身后就坐着王力宏。他们俩似乎很谈得来，有时课堂上还偷偷讲话，有几次老师发现了，委婉地说了他们：“以后你们是要当老师的，这样子怎么能为人师表呢？”王海蓉听了羞得脸发红，王力宏依然一副大大咧咧的样子，他朝老师吐吐舌头，做了一个鬼脸，便开始认真听讲了。我在边上偷着乐。

王海蓉在我们班上绝对能算得上班花级别的，不仅相貌好，而且能说一口流利的普通话，能写一手文采斐然的好文章。难怪王力宏开学的时候，强烈要求坐在她后面呢。

我在班上虽然成绩也不错，但毕竟是从农村走出来的，普通话说不好，钢笔字也写不好，因此有点自卑，平时也沉默寡言，没几个特别要好的朋友，王海蓉与我也都只是平淡之交，但后来关系感觉还不错。

“马晴，你知道我喜欢王力宏吧！”有一天下晚自习后，王海蓉拦住我聊起了天。我当然知道她的心思，无非就是叫我分析分析如何才能让王力宏喜欢上她。其实我好想告诉她对于感情这方面，我什么也不懂。但王海蓉的脾气我是知道的，要不是给她一个说法，她是不会轻易让我走的。于是，我硬着头皮不懂装懂，还一本正经地帮她做分析。

那个时候的我们好纯情，日子却如流水般滑过，那样的时光早已一去不复返了。

2

为了练好普通话，我经常很早来到教室，一个人对着小镜子练习发音，对口型。

“马晴，还没吃早餐吧，给。”冷不丁，我身后冒出一个人来，我吓了一跳，转过头，原来是王力宏。他笑嘻嘻地看着我，将面包和牛奶放在我的桌上：“对不起，吓着你了。”我一时沉浸在他给我送早餐的那份惊讶之中，连谢谢也忘了说。

“喂。”他用手在我眼前晃了晃，“你想什么呢？别多想了！”“啊，那你有什么事呢？”我连忙平复了一下情绪。只见他取出一封信，笑盈盈地把它放在我的桌上。他说，他拜托我把这封信交给我的同桌王海蓉，希望她能答应在放学后帮他补习功课。我笑着答应了。

于是，当王海蓉走到座位上坐下来时，我递出了那封信："这是……"我瞄了一眼身后的王力宏，"他叫我转交给你的。"王海蓉一把抓过信，放进了抽屉里，随后意味深长地看了我一眼。"你没看吧？"她偷偷地瞥了一眼身后的王力宏。我笑了笑，告诉她我才没那个癖好呢！那一节课上，王海蓉倒像什么也没有发生过一样，我却不知怎么的，心绪难平，连连开小差。

"嘀铃铃"下课的铃声响起了。"马晴，来我办公室一趟。"英语老师收拾好教案下课了！

"你，干什么了，被叫了！"王海蓉疑惑地问我。

"我也不知道，搞不好是因为你的问题，找我了解！"我随便找了个借口应付她。

"马晴，别吓唬她了！老师顶多也就问问你上课在干吗！"身后的王力宏探过头来，朝王海蓉眨了眨眼，又转过头来安慰我。

"老师。"我走进了办公室。

"来了啊，坐，坐吧。"英语老师移过来一把椅子，我静静地坐了下去。

"你等等啊，让我把这份作业批完。"他伏在桌上批阅着。我就那样注视着他。

早晨的阳光透过窗户微微地笼罩在老师的身上，仿佛和他融为了一体。那微卷的头发自然地贴在他的脑门，看上去真像一个外国大男孩。其实，我一直很崇拜英语老师，他英俊潇洒，尤其一口流利的美式英语常常将我们带到梦幻般的异国他乡。我知道自己普通话不准，但奇怪的是，我的英语发音却很标准，课上还经常会得到老师的表扬。

我曾在自己的日记本中画过英语老师的头像，画他笑的时候嘴角上扬的样子。有时，寝室里的姑娘们会聊起心中的白马王子的形象，我是不会在众人面前说的，但心中默默地有了一个答案，我的白马王子应该就是英语老师的模样。

“嗯，好了。”英语老师的一句话将我从神游中叫醒。我不好意思地朝他笑了笑。

英语老师放下手中的笔，亲切地说：“马晴，最近你的英语成绩有点下降，你感觉到了吗？”英语老师拿出了我前几次小测验的试卷。

“我……”我望着试卷不知怎么说，我不可能告诉他因为上课我只关注他的一举一动去了，于是我选择了沉默。

“好吧，作为班上的英语尖子生，我希望这种情况不要再出现了。如果学习上遇到困难，你可以随时来找我。你别忘了，本学期的英语竞赛还要靠你去夺冠呢。”英语老师交代了一些事务后，让我离开了办公室。

“马晴，老师找你干什么呢？”王海蓉一看见我回来就迫不及待地问。她那巴望着的眼神让我觉得好搞笑，根本与她无关，她却着急得像啥似的。

“老师说你上课像丢了魂似的！他说这次先不处罚你，下次测验考不到100分再找你算账。”我一本正经地吓唬她，“所以你好自为之吧！”

“哈……”王力宏扑哧一下笑了。

“笑什么笑，不就是一百分吗？我拼了！”王海蓉说完恶狠狠地剜了他一眼，“告诉你，下次写信不要上课送来！”声音震耳欲聋。

那一瞬间，全班同学都震惊了！“哦，搞了半天，原来王力宏喜欢的是她啊……”“原来如此，那朵名花是她了……”全班女生心碎了，她们向王海蓉投来羡慕嫉妒恨的眼神。但是，那些女生们依然没有放弃王力宏的每一场足球赛。或许，她们在等着王力宏移情别恋呢。王海蓉并没有在意大家的异样的目光，依然我行我素，课间和王力宏高声谈笑，上课却比往常更加用心了。

3

“马晴，你生日是什么时候啊？”一天课后，王海蓉问我。

“5月12号，怎么了？”我反问道，“你想送我礼物吗？”

“真的啊！我们是同年同月同日生的啊，就是下个星期一。我们一起庆祝吧！”王海蓉抑制不住内心的惊喜抱住了我！

我看到王力宏在她身后露出了一个令人难以察觉的微笑。

放学后，我向英语老师的办公室走去。今天课堂上英语老师的讲解，我还有一点没有弄明白，想请教下老师。正好英语老师还没下班呢。

“老师。”

“进来。”

我和老师面对面坐着，谈话间，我都能感觉到老师的呼吸声了。我感觉我的脸稍稍有些发烫，神情变得不自然起来。英语老师似乎意识到了什么，连忙起身给我倒了杯茶，我尴尬的心情才得以缓解。

“老师。”就在这时，王力宏冲进了办公室！他手上拿着一本参考资料书。当他看到我们俩惊愕的表情后，僵硬了几秒，随即便转身出了办公室门。

“那个，”我立马起身，“老师，时间不早了，就不打扰你了。”我收拾了一下课本匆匆出了办公室。我感觉心头就像有上万只蚂蚁爬着，十分不安。

回到教室，我惊讶地发现王力宏还坐在位置上写着作业。我没有和他搭话，收拾了一下书包，准备离开。

“你的问题请教好了？”王力宏突然冒出一句话。

“嗯，好了。对了，王海蓉走了啊，那我也走了，拜拜。”我连忙转身想要立刻走掉。

“你急什么，”他一把拽住我的手，“一起走吧。”

我僵硬了一下，轻轻甩掉了他的手，背上书包，表示默许了。一路上的气氛让我觉得好不自在，我们彼此无言地走着。

“马晴，你……不会是喜欢上英语老师了吧？”王力宏打破了沉默，却让我陷入了另一种尴尬。

“啊……”我倒吸了一口凉气，然后快步向前走去。

“你真喜欢他？”王力宏在我的身后喊问着。我没有理会他，独自走远了。

4

第二天，一大早，王力宏又拿着早餐过来了。

“马晴，昨晚的事对不起啊，那个我不该问你的。”他把早餐递给我，“帮我送信的答谢，收下吧！”

我把他的早餐推走：“我已经吃过了。”

“那你也收着，待会饿了再吃。”他放下早餐后立马坐回了座位。

“咳咳，”王海蓉不知什么时候也来了，“马晴，你福气真好，天天有爱心早餐吃。”她瞄了王力宏一眼。

“呵，那是买给我们一起吃的。来，王海蓉，咱一起吃哈。”我将面包和牛奶往她面前一推。

王海蓉咯咯地笑了，说：“恭敬不如从命，那我吃了哈！”王力宏朝她白了一眼。

第一节的英语课，又一次以测试结束了，我也长舒了一口气。想想昨天发生的事，现在都还觉得尴尬。

时间过得很快，很快就到了王海蓉与我生日的星期一。

“记得今晚一起出去Happy啊。”王海蓉一连几节课都在跟我啰嗦，我听得耳朵都起茧子了：“记得啦！啰嗦老太婆！”

“那就OK了。”她笑嘻嘻地去通知其他人了。王力宏坐在座位上也莫名其妙地笑得很High。

那天的生日，过得的确非常热闹，非常尽兴，有酒有大蛋糕有鲜红的玫瑰花，只是大家都喝得有点多，最后都差点记不得怎么回去的了。

然而，谁也不会料到，我与王力宏的关系就从那次生日后断了，因为之后不久，他殴打了英语老师，被学校劝退了。

我也是后来的后来从王海蓉那里知道一切所发生的与我有关的事情。

王海蓉其实并不是王力宏所追求的女生，事实上，他与王海蓉是堂兄妹关系，他之所以那样做，只是为了引起我的注意。

王海蓉的生日其实也并不是那一天，那一天的庆生是他悄悄为我置办的惊喜，而对于他的退学，却是因为打英语老师——那次英语考试，他在试卷上什么也没写，除了一大堆责骂英语老师的话。英语老师把他叫到办公室问话，年轻气盛的他咽不下这口气，出手打了英语老师……

当我听到这一切真相时，彻底蒙了。直到现在，我都不知道该怎么去感受他对我的感觉，因为我压根儿都没从感情这方面去想他和我之间的关系。

不管怎么样，他是为了我被学校劝退的。一想到这里，我的心里就很难受，可是我为他做不了什么，只有默默地祝福他以后的路走好走顺，祝福他能找到一个真正可以爱的女孩。

就像流星一样，王力宏与我擦肩而过，在我青春的那片天空里没有留下云彩，只留下了一地薄薄的光阴。就这样，我们最美好的青春懵懂岁月结束了。

第二章

在最美的时光遇见你

在这个世界上，该重逢的，终会重逢；要离散的，总会离散。

在最美的时光遇见你

1

在这个世界上，该重逢的，终会重逢；要离散的，总会离散。我没想到还会遇到他。他是我的初恋男生，也是我整个青春记忆里，唯一还没有淡忘的那一页。那一天夜里，我正在电脑上写稿，右手边的QQ图标闪烁起来，有陌生人加好友，于是礼貌性地问了一句，你好，哪位？对方说出了自己的名字，我惊讶至极，问道，是你？你还好吗？

我们大约聊了半个小时，说的大多是从前的事。他的记忆力比我还好，好多事情我都忘记了，他还记得那么清楚。比如有一次借了我的课堂笔记本却弄丢了，还有一次故意插队抢在我面前打饭之类。后来他说，我还保留着你从前的那些信，可以给我写一封信吗？我说，不了，很少写字，我的字已经看不得了。

我说的是真的。自从在电脑上打字后，我很少再用钢笔写字了，我的钢笔字越来越退化。另外奇怪的是，每次写稿似乎只有在电脑上敲打才会有创作的灵感。我的字迹最好看的时候，是上了师范。那时候学校派了一个年轻帅气的书法老师到我们班做书法讲座，自那以后，我一下子迷上了书法。我最喜欢把各种各样的句子写在树叶上，然后看着它们旋落在风中——为赋新词强说愁的年纪，真的是又脆弱，又珍贵。尤其是每天自习课前的音乐声响起，我心中的情愫就像风中的柳絮，飘起来又沉下去，总也找不到落脚的地儿。

他比我小一届，但我们同在一个文学社里。有一次，文学社搞聚会，我和他分在一个小组里，做“拷贝不走样”的游戏。游戏中，我和他竟然配合得最默契，得到了这个游戏的大奖——两张电影票，这也是我们第一次一起看电影。我和他就这样正式认识了。

有一天上完自习课，他托同学送来了一张小纸条。纸条用一个好看的信封装着，信封上没有字，只有一幅淡雅的梅花。他的字迹很疏朗清秀，是那种一下子就把我比下去的耐看。至于信的内容，我已经忘记了大半，大意是，他喜欢大眼睛长头发的女子，而我正好是他喜欢的那种类型。我给他回了信，心里是喜悦的，却还是因为羞涩，笔落在纸上，只写了一些不相干的话，怕他看出来什么，又怕他看不出来什么。

之后在校园里见面，各自都会有些不好意思。有时候会红着脸，轻轻笑一笑，很少说话。偶尔写信写纸条，也是托同学递来递去。

那年暑假，他问了我家的地址，说会给我写信。没想到他真的写了两封来，我一边读他的信，一边想象着他描述中的开满荷花的小池塘，闪着萤火虫亮光的竹篱笆。那个暑假，因了他的来信变得格外充实。

时间过得真快，一晃，我马上要毕业了，突然感到好失落，毕业之后的我们还会联系吗？还会互相写信吗？有一天中午，我坐在教室里，看着窗外同学们嬉闹的样子，心里像塞满了石头。也就是那一天的黄昏，他约我去校外走一走，说有东西要送给我。

我看到了站在校门口的他，阳光落在他那帅气的脸上，显得格外精神。我们一起沿着河边的小道走，一直走到河对面的小树林里。那里有一块石头，他坐在上面，我小心翼翼地隔着半尺的距离，坐在他的身边。初夏的季节，芳草鲜美，树木葱郁，天空中的云霞也特别明亮。他从裤兜里掏出一个桃红色的盒子，打开盒子，是一枚印章。他把印章递给我说，这是我给你刻的印章，看看上面是啥字？我接过来，仔细辨认了下，是“相逢如歌”四个字。原来，他不仅热爱书法，还喜欢篆刻。

回学校的时候，马路两边是延绵的垂杨柳，我们在树下不紧不慢地走着，温暖的夕阳透过树叶，也不紧不慢地跟着。到了校门口，我们分开，他回他的教室，我看着他的背影，心里竟难受起来。后来想起来，当时应该是不舍。

毕业典礼结束后，我们班同学在学校附近的一个小饭店里聚餐，大家都喝得东倒西歪，有的甚至抱头痛哭。我悄悄地溜了出来，一个人走在回学校的路上，步履也有些踉跄。快到校门口时，我遇到了他。他似乎已经在这里等了好久了，他关切地说，你喝多了吧？我傻傻地看着他，笑着摇了摇头。其实，他已经闻到我身上的酒味了。他陪我站了一会儿，然后将我送到了宿舍门口，转身时对我说，以后我会给你写信的。我看着他离去的背影，一句话都说不出来。

2

那个夏天，我过得很漫长，又很郁闷。为了找工作，碰了很多壁，看了很多人的脸。最后，好不容易到了一所乡镇小学当了一名语文老师。不久后，我厌倦了教师生涯，报考了研究生，然后去另外的城市读书，读好书又去找工作，一个城市一个城市地辗转。开始那两年，还和他断断续续地通信，知道他毕业后分到了市里一所小学，第二年就当上了副校长。后来，渐渐断了联系。再后来，我相亲，结婚，生子，又一个城市一个城市地搬家，经历过生活的美好和破灭，七八年转瞬即逝。

想起几年前，与中学同学小聚，大家酒足饭饱之后，不免各自感叹，时间是如何的落花流水，命运是如何的翻云覆雨，青春的梦想是如何的零落成泥碾作尘。比如酷爱画画的刘同学，以为会当画家的，可如今居然当了建筑工；比如一心想当“黑老大”将来保护我们的顾同学，不承想，如今每天朝九晚五，过得比谁都老实；比如班上那对公认的“有情人”，如今遇见都装作互不认识；比如班中那对活宝，以前天天掐架，势不两立，真没想到，现在他俩的孩子也在同一个班，也天天掐架……

曾经，我以为他和我会一直走到现在。那时候，我想一辈子喜欢一个人就够了。直到很多年后，经历时光和世事，某一刻才突然明白，原来，我们这一生，是会经历很多坎坷和选择的，脚下走的每一步路，都与未来息息相关。

想起他给我写的最后一封信，收到的时候是在一个异常闷热、山雨欲来风满楼的午后。他的字依然潇洒，整整两页纸都写满了。信上具体写了什么，我真的回忆不起来了，只有一句话直到现在仍旧刻在我的脑海里：他说，突然发现我们并不合适，就让过去的一切都过去吧。

我呆呆地站立在那里，室外大雨倾盆，豆大的雨点猛烈地敲打着窗棂，也敲打着我的心。很长一段时间里，我都弄不明白自己究竟错在哪里。后来，我们再也没有写过信。

多年以后，我明白，两个人只有心与心的交融才能真正走到一起。当有一天时间流淌过去，当有一天遇到了另外的人，曾经的伤害，曾经的背弃，终究会随风而去。

在这个世界上，该重逢的，终会重逢；要离散的，总会离散。没有什么，比青春更美好，更脆弱。那一夜，我将他的QQ放到“亲人”组里，跟他道了晚安。然后告诉他，我先生人很不错，欢迎到我家来做客。如此，我便知道，自此之后，他不会再联系我；一如我，也不会去打扰他。

或许，我只会隔着遥远的星空，默默地告诉他，我要感谢他。因为，我最初的爱情是从他那里出发的。我也希望那爱的源头，一直在那里，永远在那里，纵然是经历过时光的颠沛流离，依然能够温暖如昔，纯白如棉。

青春里遇见过郝老师

1

十八岁那年，她以全市第一名的好成绩考上了师范。草屋里飞出的金凤凰，大家都这么夸她。可她一直很自卑，因为她说话有些结巴。小时候，伙伴们总喜欢作弄她，故意学她说话。久而久之，她都不敢开口说话了。所以，从小学到初中，老师们给予她的评语仿佛都出自一个模子：文静、内向，不爱说话，但文笔好。

可是，报考师范意味着将来要当老师，当老师怎能不开口说话呢？

她小姨也是个老师，小姨跟她父母说，不要紧的，孩子说话结巴很大程度上是因为害羞、紧张，以后多练练自然会好的。再说，报考师范能早日跳出农门。就这样，她上了师范。

新生欢迎仪式上，她见到了班主任，一个年轻帅气的小伙子。若不是班主任自我介绍，还以为他也是个新生呢。

“我姓郝，不是好人的好，但我一定是好人……”还没等他把话全部说完，底下早已笑成一片。接下来，郝老师进行了热情洋溢的发言，她一句也没记住，只记得他笑起来的时候很特别，嘴角上翘，一侧还有一个浅浅的酒窝。看着他的笑容，她似乎闻到了阳光的味道，心里那一点点对异乡的陌生感和紧张感也渐渐消失了。后来，她在给父母亲的第一封信中是这样写的：我遇到了一个好老师，我一切都很好，请你们放心……

2

第一堂班会课，郝老师让同学们做自我介绍，同时也是为竞选班干部做准备。班上好多同学是从城市来的，他们的普通话说得既标准又流畅。看着同学们在讲台上落落大方，侃侃而谈，她心里的小鼓越敲越响。从农村来的她，一开口，就是浓浓的方言，再加上有口吃的毛病，怎么到台上去讲呀？眼看就要轮到她上台了，她越发紧张，脸色发白，胸口发闷，冷汗直冒，两条腿在桌子底下直哆嗦。突然，有一双温暖的手伸过来，有力地握住了她：“下一位同学由我来隆重介绍。她就是来自……”

那一瞬间，她感觉身轻如燕，灵魂出窍，她看见另一个自己像天使一般，轻盈地飞到那片春暖花开的草原上，那里有洁白的羊群，有清澈的河流，还有牧民们天籁般的歌声……等她完全回过神来的时候，郝老师已经说完，教室里正响起一阵热烈的掌声，大家都在朝着她看，眼神里充满了赞赏与喜悦。她缓缓地站起身，深深地向同学们鞠了一躬，也郑重其事地向郝老师鞠了一躬。郝老师微笑着看着她，那一刻，她感觉他亲切得就像是自家的哥哥。

后来她才知道，郝老师介绍她的时候，还读了一首她写的小诗，那首小诗正是她在班会课前忐忑不安的时候写下的。至于郝老师是如何拿到这首诗的，她到现在都搞不清楚。

那一课，郝老师让她懂得了什么是真正的良善。

3

师范二年级时，她的口吃毛病基本上没有了，在普通话模拟考核中她还得了A。她的诗歌越写越好，不时在校刊和其他报刊上露面。同学们也越来越崇拜她，都说她有写诗的天赋。但她固执地认为，那一粒诗意的种子是郝老师赠予的。

正当她踌躇满志，想在写诗的道路上越走越远的时候，她遭到了一个致命的打击。

那一天，睡在她上铺的崔同学说压在被子底下的二十张饭票不见了。崔同学一一排查后，最后确定她的作案嫌疑最大，因为只有她双休日不回家，也只有她家里经济条件最差，最有可能拿了饭票去换钞票。寝室里的另一位女孩也出来作证，前几天还看到她拿饭票去换钱的。

是的，她是用自己的饭票换过钱，可这些饭票都是她一日三餐只吃馒头省下来的。她知道父母挣钱不容易，每次回家连车票都舍不得买。思家心切的她为了多回一次家，宁愿少吃一点，也要省下钱来买车票。

就这样，一寝室的人都认为她拿了崔同学的饭票。心地善良的她蒙了，平白蒙受冤屈，拙嘴笨舌的她一句辩解的话都说不出，在同学们唾弃和鄙夷的目光里，她终日默默地以泪洗面。

她又回到了原来的她，孤僻，安静，沉默，不愿与人说话。就连最爱上的郝老师的文学课上，她也是精神恍惚，眼神呆滞。有一次郝老师点名回答，她竟然语无伦次地说："真不是我拿的。"

郝老师终于知道了事情的原委，他首先找来崔同学，了解了事情的来龙去脉后，他批评崔同学，没有事实根据不能妄下结论，不能随意地伤害一个人的自尊。然后，他找她谈心，耐心地、心平气和地听她诉说自己的委屈。最后，他动容地说："老师相信你是清白的，你要抬起头来。不要害怕前面的阴影，那是因为你后面有阳光。"那一天，阳光真的出奇的好。而郝老师就走在她的身后。

有一天，生管老师给郝老师送来了一沓饭票，说是在扫地的时候捡到的。数了数，正好是二十张。原来那天崔同学晒被子，忘了收起饭票，结果被顺带着掉到了楼下。

元旦放假，郝老师竟然给她买了一张回家的车票。郝老师微笑着说，把一切烦恼统统丢掉，干干净净地、轻轻松松地迎接新的一年。那天，她又闻到了阳光的暖香。

那张车票，是她一生中最宝贵的财富。

4

她开始拼命地阅读，写作。

师范三年级，她当上了郝老师文学社里的社长。她再也不是那个一开口脸红，一说话结巴的女孩，她能在众人前面，声情并茂地朗诵自己的诗歌，能够滔滔不绝地分享自己阅读、写作的体会。她成了师范里小有名气的才女，连郝老师也成了她忠实的读者之一。但在她的心里，郝老师永远是她敬重的偶像。她觉得那些女孩子心中的白马王子一定也如郝老师这般美好的吧。

她甚至在心底里渐渐萌生了对郝老师的爱慕之情，那是一种少女特有的情怀。那种感情很美很纯，就像校园里那株洁白的丁香，又像深蓝的天幕中那枚皎洁的月亮。她曾做过好几次梦，梦里都会无端地遇见郝老师，遇见他读着自己的诗歌，嘴角上翘，露出那个浅浅的酒窝。但她知道这仅仅是梦，所以她宁愿把这份美好的情感当做自己的一个秘密，深深地埋藏在心底。每次想起，她都会感到有一股神奇的力量，这股力量足以驱散岁月的阴云，重新唤起她勇往直前的信心。

毕业前的那个元旦，郝老师结婚了，新娘是师范里的音乐老师。郝老师给每个同学分发了喜糖。她写了一首诗《致幸福的人》送给了郝老师夫妇，衷心祝愿郝老师夫妇白头偕老，一生平安幸福。

那首诗，是她写得最酣畅淋漓的一首诗。

5

那天晚上，她竟然在地方台的一档电视节目里看到了郝老师，记者采访他关于学校百年校庆的感想。镜头面前的他，依稀见两鬓生白发，但精神矍铄，说话滔滔不绝，笑起来，依然嘴角上翘，还有那个浅浅的酒窝……

节目的最后是《相逢是首歌》："你曾对我说，相逢是首歌。眼睛是春天的海，青春是绿色的河。相逢是首歌，同行是你和我，相逢是首歌，同行是你和我，心儿是年轻的太阳，真诚也活泼……"

她在那深情的歌声里，突然落泪如雨。毕业后，一晃十多年，她没有遇到过郝老师，直到现在也没有郝老师的电话或者微信QQ，但郝老师的音容笑貌一直深深地烙印在她的记忆里。

让郝老师想不到的是，她也选择了做一名语文教师，且正在语文教学的园地里辛勤耕耘着，用涓涓细流滋养着那一个个鲜活的灵魂，在心灵的对接点自然而然地延伸、渗透，让一个个丰富而优美的灵魂绽放出娇艳芬芳的花朵。

文艺妈的真爱方程式

1

“亲密”这个词，在我20岁之前，是无法形容我和她之间的关系的。从我有记忆开始，我和她都是对抗的，我觉得她太“冷酷”，不像别的妈妈嘴上行动上让我感觉到她把我视作心肝宝贝。我从来没有听到过她的表扬，在她眼里，我总是不尽如人意的。她对我常说的话是：看看人家多优秀，你咋那么笨呢？看看你，一点儿都不可爱。我有时真怀疑不是她亲生的，要不然怎么会跟她亲热不起来呢？小时候曾干过多方求证的傻事，结果是她所生无疑。后来，我就想，是不是当老师的都有这样那样一些职业病，比如吹毛求疵、争强好胜、眼里容不得一粒沙子、受不了自家孩子比别人差？

她是我妈，一位小学老师，常年担任班主任，每天忙得脚不点地，回家还要带回一大摞作文本子要批改，所以她常常会发一大通牢骚。在我上小学六年级的时候，她找了个理由请人到医院开了一张病假条交到学校，学校就照顾她不让做班主任了。不做班主任明显轻松了，她开始有闲暇时间来做她喜欢的事，种花、跑步、看书、看言情剧，偶尔在报纸上发表个豆腐块，如若拿到个一百元的稿费单就像中了五百万彩票。

我老爸是个电器工程师，工作也很忙，但每天下班回来还要负责一日三餐，负责照看我的作业。她则在一边悠闲自得地看书或者在跑步机上跑步。有时，我和老爸起了争执，她也不闻不问，照旧做着她的事。但到最后，她总会来个总结性发言：没见过你这么笨的。起初，我不敢和她顶嘴，只在心里狠狠说：这么笨，也是你生的。后来，随着年龄的增长，胆子也大了起来，我就跟她顶嘴：我这么笨，还不是因为某些人。她听了气得说不出话来，就干瞪着我。

唯有一件事，是归她管的，那就是陪我去少年宫学小提琴。小提琴老师要求每个学员在初学阶段必须有家长陪，否则是不会轻易收你的。为什么我选择了小提琴？其实，这不是我真正喜爱的缘故，是她喜欢。她说：小提琴是高雅的艺术，女孩子尤其要多学学。或许是故意跟她对着干，我就是不上心学，上课不认真听，下课也不花时间练习，每次还课，老师总是把头摇得像拨浪鼓。有一次老师真的生气了，跟她说：别浪费时间了，还不如让孩子多玩玩。争强好胜的她自然接受不了，回到家，一顿打骂，她说：就是把手指拉断，你也不许停。我一边淌着泪，一边在心底里诅咒着。现在，我能娴熟地拉好多首优美动听的小提琴曲，但若问我是否是真正喜欢才学的，我可以毫不犹豫地告诉你，我是被逼的。

想起那会儿的学琴情景，真是不堪回首。每次都是在她的责骂声中开始，在责骂声中结束。因为我不愿意多花时间练琴，她气得差点将小提琴摔得稀巴烂。即便出去参加比赛或者演出，我们俩也要闹矛盾，她会指挥我应该这样拉，不应该那样拉，而我就是不愿意听从她的意见，总是我行我素。

在13岁的我看来，看书写字并没有给她带来智慧和优雅。她外出分不清方向，买东西不问价钱，更不会砍价，下厨房只会做一两个最简单的素菜。有时我会对她发牢骚：你自己什么都不会，还嫌这嫌那的。她只稍微一怔回答：去去去，大人还用得着小孩管？

我和她的拉锯战一直延续到了初三。

2

这一年，老爸被公司派到外地去了，大约一年后才能回来。这下，家里乱成了一锅粥，我上下学的接送成问题了，一日三餐也成了问题。因为，以前这些都是我老爸包下来的，时间久了便习惯得感觉不到什么了。然而，最不适应的还是她。她不得不挎着篮子去菜场买菜，不得不戴起围裙抄起铲子跟油盐酱醋打起了交道。照理说她白天已十分忙碌，晚上应该好好休息才是，可她却夜夜待在电脑前，不到十一二点是不睡的。

很快，我发现了端倪。她每个夜里都会跟一个男人说很久很久的话，且语气有些暧昧。为了不让她发现我在偷听，我总是假装做作业到很晚。虽然他们有时也探讨一些文学艺术方面的东西，但一男一女两个人深夜长谈总是不正常的，更何况我的爸爸不在家。

有一天，我终于忍不住了。本想当面跟她说，但实在开不了口，于是写了一封信，在她开车来接我的时候，给了她。她疑惑地打开一看，脸色一下子发青了。一路上，我们俩各自想着心事，一句话都没有。

第二天早晨，她的脸色依然很难看，估计她一夜都没睡好。照例，她送我上学。上车后，她默默地塞给我一张纸条，不敢用眼睛看我。纸上依稀还有泪水滴落的痕迹，上面写着：对不起，我做得不够好。但请你相信，他只是我的一个网友，我们经常会聊一些关于文学的话题，以后我不会再跟他联系了，请别告诉你爸。纸上的字很工整，看得出她是真心实意写的。虽然我平时跟她不怎么亲近，但是绝对不愿意看到她跟爸之间出事，更不愿意他们有一天会分开，所以我一口答应了她的请求。这件事情就这样悄无声息地过去了，后来，那个男人的声音的确再也没有出现过。这是我们俩第一次握手言和。

大学二年级的时候，我恋爱了，不敢跟她坦白，怕遭到她的反对，因为她是一个十分挑剔的人。一直到大学四年级，估计是某个同学走漏了风声，她知道了我在谈恋爱。她旁敲侧击地问我，那个男孩家住哪里？父母是做什么的？将来会从事什么职业？我总是没好气地说，问那么多干吗，调查户口呀？她这次倒没有生气，反而笑着说：怕你吃亏呀，多了解了解，知己知彼才百战百胜哪！我讽刺她：你和我爸有爱情吗？她愣了愣，想不出用什么话来反击我。看到她张口结舌的样子，我得意地笑了。其实，我早已跟男友商量好了，如果她反对，就偷偷跑出来闪婚，将生米煮成熟饭。

突然，有一天，她竟然没征得我的同意私自找到了我的男友，心平气和地谈了整整半天。她说：能保证她的意愿生活，照顾她，纵容她，宽容她，体谅她，一生爱护她吗？听到这些，我那颗反叛的心终于有了归顺的念头。看着已不是当年那个小资的少妇而是中年妇女模样的她，忽然就泪湿衣襟。那一刻，我终于明白有颗文艺心的她对我的期待不是功成名就，只是爱情健康顺利呀。我第一次完完全全读懂了她的心，也真正体会到了“母女心连心”这句话的内涵。

我应该说声对不起，但我却说了句我爱你。她欣慰地笑了。

十多年的战争终于拉上了帷幕。

3

我挨着她坐在阳光下，突然感到一种从未有过的依赖。

给我说说和爸爸的爱情好吗？这一次，我没有丝毫的讽刺。我很想知道浪漫、文艺的妈怎么就看上了寡言老实的爸。

她平静地说，不是每一个婚姻都是因为爱情走到了一起，有时更多的是亲情。原来，她早在我爸之前经历了一场轰轰烈烈的爱情，在那场爱情里她是主动付出不求回报，甚至以改变自己委曲求全也未能获得自己想要的爱情。遇见我爸后，我爸不仅爱她更接受真实的她。经历了爱的艰辛和苦痛，就知道被爱的不易和幸福。她希望以她的经验教育我，影响我，更希望我能按自己所愿自由真实生活，那样人生才快乐。

说这些话的时候，她正戴着耳机在听许巍的《完美生活》，音乐止，她拔掉耳机，抬起头来笑着问我：你是不是恨过我？妈妈不是一个完美的人。

我撇嘴翻了个白眼说，我是不是你亲生的？一个恨字未必太薄情了吧？

那天，我们谈了好多从未谈过的话题。我觉得很轻松，很愉快，甚至，没有哪一刻像现在这样，觉得她离我如此之近，又如此真实可亲。我们彻底握手言和了。

或许等我当了妈妈以后，会更明白，妈妈们作为现实中真实的女人，完美和伟大各有不同，甚至面对亲人孩子表达爱的方式也各有不同，但无论用何种方式，真实无他，这就够了。

看见你，如同看见我自己

从不在网络上写日记的女儿，却在人人网上公开了第一篇日记。那时，她是复旦大学的新生。

“我从来都害怕离别，害怕孤独，害怕一个人。但又总想着要向外走，所以常在这两者间摇摆不定。甚至埋怨过为什么要到一个离家这么近的地方，却从没考虑过一个人应该怎样面对这个世界。每次我总是很积极地去各个学校游走，只是想看看你们这些老同学，看看好久不见的你们是否变了模样。也许将来我们不会像以前那样熟悉，但是，在未来的迷惘面前，你们能给我继续走下去的动力，这样就很好了。无论是在上海，还是不在上海，希望不会和你们分开。陌上花开，可缓缓行矣。在异地的你们一切都要好好的，初来乍到难免会有压抑和失落，明天又是新的一天。加油吧，亲爱的同学们！”

读着女儿的文字，我和她爸既难过又担心。难过的是，就在女儿临行前，我们还和她屡屡发生争执。担心的是，女儿还没有适应大学生活，在新的学习生活环境里，依然感到些许孤独和迷惘。

但是，一味地难过和担心总是无意义的，如何让女儿早日摆正心态，从容坦然地去面对新的大学生活呢？我们夫妇俩决定先从自己做起。

平日言语不多的先生，第一时间给女儿发去了邮件：

“丫头：

我是老爸。看了你的日记，我好内疚。这个暑假，我总是对你发火，总是在你耳边聒噪，要求这要求那，让你很烦躁。其实，那是因为你就要离开我们了，我们感到莫名的焦躁，怕你独自一人在外，一时半会儿适应不了，受委屈，于是就拼命地替你打预防针。若你现在还抱怨的话，就请原谅我们吧。

屈指算来，你在大学已生活了五十多天。这五十多天里，我们无时无刻不都在惦念着你，惦念着你这会吃饭了没，睡了没，惦念着你的功课紧张不，惦念着你的每一天生活是否快乐。我们知道，你第一次远离父母总有不习惯，其实我们也不习惯，没有你的日子里，我们总像丢了魂。然而，这总要有个适应的过程，关键是你以什么样的心态来适应。人的成长也是个脱胎换骨的过程，一时的痛苦、迷茫，这都正常。但任何一件事情，只要心甘情愿，总是能变得简单的。

年轻时，每件事都感觉像世界末日。但其实不是，这只是开始。大学阶段是你人生中重要的驿站，是你成熟和长本事的阶段。这个阶段，你会结交新的朋友，会碰到一些新的问题，你会发现理想和现实总有那么一些差距，也总会有挫折和失落，但这些都是人生赠予的财富。只有翻越了千山万水，才知什么值得你浪费时间，也只有经历过曲折与风浪，你才会成熟，才会变得强大起来。与那些功名利禄相比，心理上的成熟和健康更为重要。等大学毕业，再回首这段时光，你会觉得那是一本打开了就合不上的书，然而却又是一段多么开心，多么自由，多么值得留恋和回味的日子！

丫头，每个人心中都有一条河，岁月如水，成长为岸。读书可以改变命运，有些事情只有你尝试了，努力了，才不会后悔，人生才会完整。'不经历风雨，怎么见彩虹，没有人能随随便便成功'，逃避困难是一场永远跑不赢的比赛。渡不过去的叫苦海，渡过去的才叫彼岸。机会是靠自己把握，自己珍惜的。我们希望你对自己所做的每一次选择都不后悔，希望你不要因为没有掌声而放弃梦想，因为你最需要的是坚持而不是观众。即使没有人为你鼓掌，也要优雅地谢幕，并感谢自己的认真付出。当然，如果别人朝你扔石头，就不要扔回去了，留着做你建高楼的基石。

好吧，今天先说到这里，如果你有什么不顺心的事儿，可以和同学、好朋友说说，也可以和我们说说，家永远是最安全、最温暖的港湾。丫头，你永远是我们的骄傲！我们永远爱你！”

先生一番恳切的话语赢得了女儿的认同，她开始打消顾虑，主动跟我们发短信、通电话，甚至在人人、QQ、微信上也都加了我们好友。积极的交流沟通，终于让女儿从孤独、迷茫和不知所措中走了出来。她参加了学校的民乐团，还竞选了名乐团团长一职。双休日，她积极参加学校组织的志愿者活动，被评为先进。她入选了学校的杂志社，成了杂志社编辑……丰富多彩的大学生活，令女儿越来越阳光，越来越自信。每个学期，女儿都获得了学校颁发的奖学金。在诸多成绩面前，女儿跟我们说："我不做一个单纯优秀的'别人'，而要做一个不可替代的自己。"这句话让我们甚感欣慰。

大三时，女儿以优异的成绩，在数十名申报加拿大多伦多交流的学生中脱颖而出，顺利获得了交流资格。她在多伦多大学交流期间写的日记中提到："爱是一个生命喜欢另一个生命的感情，感谢父母给予了我的生命和无私的爱，感谢大学生活给予了我的快乐和理想的追求。生活对于每个人都是公平的，关键在于自己的正确选择和把握，在于自己的努力和坚持不懈。世事再无常，也要纵容自己的梦想。"

如今，女儿已在美国著名的杜克大学硕博连读化学专业，并成为了美国化学协会中的一员，正迈开步子向着自己的梦想前进。前不久，她给我们发来微信，喜滋滋地说自己在这一年的科研项目中取得了一个小成果。因我们学识浅薄，对化学又知之甚少，便没有详细问。但是，我们由衷地为女儿感到高兴，感到自豪，愿她以后的每次流泪都是喜极而泣。

一个人的成长就是将哭声调成静音的过程，我们不必是太阳，但心中要保有一束光明；我们也不必是月亮，但心中要保有一片皎洁。思忖再三，我给远在大洋彼岸的女儿发去了这样一条微信：“亲爱的女儿，最美不过，懂得生活。心里若是充满阳光，人生即便下雨，也会变成滴滴甘露。感谢你，来到了我们的生命里，让我们也能够成长为更好的生命。”

大卫的流水菜园

因路头不熟，我们的车在蠡湖大道上兜了一大圈，终于找到了太湖大堤。柳暗花明又一村，真没想到，这条并不宽阔的大堤美得如此惊艳：外侧是太湖，烟波浩渺，水天一色；内侧是湿地公园，桃红柳绿，春光无限。更令人震撼的是，大堤有多长，公园就有多广。目之所及，窈窕青柳迎风翩跹，桃花梨花樱花玉兰花像赶趟儿似的都聚拢来，随着车速，纷纷扑进我们的视野。可是，我们顾不得欣赏它们，因为，大卫在流水菜园等着我们。

大卫，是我去年秋天参加省作协举办的第二期散文作家读书班的同学。初次见到他，温文尔雅，戴一顶青灰色棒球帽，着一身休闲服，说起话来也是文绉绉的，令人十分舒服。在后来的交谈中，得知他是学土木工程的，还开了一公司，生意红火。我们都很惊讶，很难将已出了两本书的他与生意场上的他画上等号。

这次来无锡，我是陪先生参加马拉松赛的。大卫获悉后，热情邀请我们去他的流水菜园做客。流水菜园，这名儿倒是新鲜，但似乎与大卫的风格有点差距，文人嘛，当取个诗意的富有内涵的名字吧。我读着大卫发来的短信，既好奇又疑惑。

车沿着太湖大堤行驶了约8公里，前面就是大堤的端头，没有路可走了，便左拐，一下子仿佛钻进了一片树林，其实，是一条树荫浓密的小路。沿着小路又前行了600米左右到了目的地。原来，流水菜园隐居一隅，远在尘世热闹之外。大卫早已等候在路边了，依然一顶棒球帽，一身休闲服，依然是浅浅的笑容，很儒雅。

在他身后是一个园子，两棵开花的梨树独领风骚，一棵白得似雪，一棵粉得似霞。树下有两块菜地，金黄的油菜花像镀了一层蜜蜡。风过，飘来淡淡的菜花香。园子里还有玉兰、樱花、桂花、海棠、杨梅、枇杷树。园子的大门两旁各有一根石柱，上面有一副对联“三千年读史，九万里悟道”，读之，顿觉豪情万丈，意气风发。但看到门楣上的横批“流水菜园”时，仍觉得有些不协调。难道此名另有深意？想那陶渊明拥有一片田，采菊东篱下，悠然见南山，这样的闲情逸致，清简淡泊曾令多少人向往？但羡慕归羡慕，终究未能亲眼目睹。而此刻，我是真真切切地置身于大卫的世外桃源之中。

环顾四周，园子外围用天然的石头砌了矮矮的墙。透过石墙，能隐隐见得园内的绿植、花树与人影。这样的建筑风格，颇有江南园林的味道，虚实相间，又有留白，曲径通幽，耐人寻味。

大卫告诉我们，流水菜园占地面积约三亩半，他将园隔成了三进：外园、中园、后园，每个园栽种的植物不尽相同。刚才看到的是外园，外园面积最大，主要种植观赏性花树和蔬菜。大卫一边介绍，一边一一指给我们看。看着他如数家珍的样子，我情不自禁地憧憬起来，每个季节都有鲜花盛开，每个季节都有瓜果飘香，这样的日子真是丰腴得能流出水来。

跨入大门，便是中园，这里的植物以攀爬植物为主，如蔷薇等。这样多好，让人一抬头就能遇见春天。园中有一小段石墙，大卫在墙根下种了几株蔷薇，让它们自由地攀爬，等青藤满墙的时候，就成了一道天然的绿色屏风，就像客厅里的玄关一样。

中园是休闲、休息的场所，一排房屋是用“淘”来的集装箱搭建的，一个个房间小而整洁。其中有一间是大卫的书房兼休息室，一个简易的书柜，一张书桌，一张小床。平常，大卫就是在这间书房里看书、写字，累了就在小床上休憩一会。令人感到意外的是，这里不通任何电源。大卫每天下午来，天黑就关门离开菜园回城。没有特殊情况的话，天天如此。虽然来去二十多公里，大卫却乐此不疲，他就像一只快乐的蝶，在流水菜园里自由自在地飞着。

大卫说，他最喜欢雨天来这里。落雨天最清静，偌大的园子只有他一个人。整个园子静谧唯美得像油画，连呼吸也变得如乐音般轻快悦耳。静倚书窗听雨声。搬一张椅子，坐在屋檐下，沏一杯香茗，聆听雨点溅落草叶的声音，抑或手执书卷，抑或什么都不做，就发着呆，让时间悄然漫过心海。

你寂寞吗？不，哪有时间寂寞？每天都觉得时间过得太快了，还没做多少活，太阳就一溜烟儿下山了。说这话的时候，大卫的眼里满含着笑意。

菜园里的树得整枝，菜得除草，这些活儿都是大卫揽下的。因为是生手，一开始，他感到很累，半天下来腰酸背痛的，后来做得多了，也就习惯了，再后来竟然上瘾了，哪一天不下地动动，就觉得浑身痒得难受。

与土地的亲近，让他渐渐体悟到耕种与收获是另一种方式的阅读和行走，在大地与自然这本书上，他读到了生命的意义，觅到了生活的真谛。

中园东北角有一扇小门，是通往后园的。后园相对来说稍微小了些，里面栽的都是果树，以梨树和橘子树居多。因为周边村民的果园里大多种桃，桃是他们主要的经济来源，大卫不想给他们平添竞争的负担，毕竟他们是靠种桃过日子的，而他只是为了有桃花可赏，有桃子可尝。透过后园的矮墙，我看到邻家的桃树已经开满了粉红的桃花，想来今年的收成肯定不错。

吃中饭了！大卫在绿意融融的大树下摆了一张长条桌，有微微的凉风，有清脆的鸟鸣，还有树叶间筛下来的阳光。我们围坐在一起，享用着大卫的劳动成果——各种新鲜青嫩的蔬菜，当然少不了美酒相伴。这餐虽然简单，却是我吃过的最有味道的农家菜。

吃过饭，品着淡淡的清茶，我忍不住问大卫为何要将菜园取名为流水菜园。大卫是这样解释的，他说他喜欢水，水是君子。它不张扬，往低处流。静水流深，流水不腐，亲情友情爱情都需要时常更新维系。大卫曾思考过很多种生活方式，最后还是觉得种菜收菜烧菜再种菜，这样的循环是最好的静默方式。他愿意在菜园里时常摆流水席，招待四方友人，也让他们带走一些菜和水果。如此说来，流水与菜园当然是最贴切的组合了。而这样一个菜园，无疑被赋予了是一个可以承载人文和灵魂的空间。在世情浮躁的今天，能静如流水，像流水般前行，不拘泥于生活的樊笼，这需要多大的勇气和智慧呀？

临别时，我发现大门内也有一副对联：漫等风来，静待花开。横批：自在。有如此从容淡定、宁静淡泊的心态，又有这样鲜花盛开、瓜果飘香的菜园，何愁不能将生活过成一首诗呢？

夏日玫瑰

“这是我们最新开发的高档小区，聚商业、学校、医院为一体的一流建筑……”她满面春风，在楼盘规划图前指点江山。前来参观的嘉宾们不时报以热烈的掌声。

她是某建筑公司新任命的项目经理，我曾经采访过她，当初她还是一名施工员。

犹记采访那天，太阳出奇的士毒辣。为防晒，我全副武装：墨镜、太阳帽、防晒服、防晒霜、手套……但依然觉得自己像一个被烤焦的番薯。这大热天的，真不该来这种鬼地方。我一边后悔，一边深一脚，浅一脚地走进施工现场。这是一个刚动工不久的工地，到处尘土飞扬，地上堆满了水泥、黄沙、钢筋……卷扬机、混凝土搅拌车、吊车发出的巨大轰鸣声不绝于耳。我硬着头皮在来回忙碌的身影中捕捉采访对象。

阳光越来越强烈，水泥、钢筋都快被晒得熔化了，我的嗓子也直冒火。我强忍着不适，在林立的脚手架中穿行着，迎面而来的建筑工人们个个满脸通红，汗流浃背，厚厚的工作服也都被汗水浸湿了。有的工人肩上搭了一条毛巾，一边干活，一边不住地用毛巾抹着汗。有的工人实在太渴了，见地上有自来水龙头，便拧开龙头，弯下腰，凑上嘴，“咕嘟咕嘟”猛喝几口，卫生、文雅，全都不顾了。我环顾四周，突然，远处一个红色的身影牵住了我的视线：红色安全帽，红色牛仔上衣，黑色牛仔裤，白色运动鞋。咦，这建筑工地上竟然有女的。我惊诧极了，目不转睛地看着她。她正和几个扎钢筋的工人在交流，两手不时地比画着，那几个钢筋工似乎很赞成她的话，不住地点头。这时，有一个建筑工来喊她，我依稀听到叫她“唐工”。我一下子兴奋起来，采访对象有了。于是，我连忙跟了过去，想看个究竟。

暑气蒸腾，强烈的阳光刺得我睁不开眼睛，我一时看不清她的模样，只觉得有一团红色的影子在眼前飘。“你们一定要严格把好质量关，千万不能出差错。天热，大家要克服困难，工期误不得！”她的嗓音十分干脆有力。我定了定神，终于看清了她的模样：三十不到的年纪，黑瘦的脸蛋有些发红，皮肤有些粗糙，大概是长期在外作业的缘故。额前的头发汗津津的。一双丹凤眼，目光很犀利。说起话来语速较快，可以想象得出她在工地上雷厉风行的样子。跟工人们交代完，她从上衣口袋里掏出一卷图纸模样的纸，摊在手上，仔仔细细地对照着对面的楼层看了起来。她一会儿皱眉，一会儿眉头又舒展开来，亮晶晶的汗珠不断地从额头上滚落下来。

或许我盯着她太久了，她发现了我，便收拾起图纸疑惑地向我走来。我不好意思地朝她笑了笑，说明了来意。她一听我说要采访她，还要将她的事迹写出来发表，竟然害羞起来，跟刚才见到的完全判若两人。“其实没什么值得写的，还不是一份普通的工作。”她笑了笑，摘下安全帽，一头乌黑的短发几乎都湿透了。也许靠得近，我都能闻到她身上的汗味了。

我快速地在脑海中梳理了下采访的提纲，正欲问她时，又有一个工人过来喊她，说有一项工程出了点问题，让她速去看下。她二话没说，戴上安全帽就匆匆跟着那工人走了。我看了下手表，从早晨八点起一直到现在十点多，她几乎没歇过，连一口水都没顾得上喝。看着她单薄的背影，我感慨万千，建筑业历来是男人的天下，这个女子为何投身于这行业，能站得住脚吗？我越发好奇。

趁她没回过来，我采访了好几个工人。原来，她报考的是美术专业，主修油画。可后来阴差阳错，竟然被建筑院校录取了。一个女孩子，要是学画画多好，拿拿画笔，调调颜料，看看美景……云淡风轻。可是，学建筑，就没那么轻松了，光画图纸就让人受不了。一根筋总是绷得紧紧的，这儿一厘米，那儿一毫米，都疏忽不得。一张图纸不知道要画多少次，每次都要画到毫厘不差才合格。好在，她有一定的美术基础，画起图纸来得心应手。再加上她胆大心细，有一股子闯劲儿，很快就在建筑设计、施工等方面崭露头角。

别看她是女流之辈，可干起活来丝毫不差于男人。尤其像这高温天气，一个白白嫩嫩的姑娘愣是被晒得黑不溜秋的，可她不管，依旧每天都早早地来到工地，一个点一个点地细细察看，绝不放过任何一个小问题。她对质量的把关很严格，近乎苛刻，但工人们都很喜欢她。她是个热心人，常常为工人们排忧解难。男人们收工后会喝一点小酒，若恰好遇见她，请她喝一口，她也不推辞，豪爽地端起酒碗就喝。时间一长，工地上的男人们都和她称兄道弟了。有几个“赖光头”，谁的话都不听，唯独她的话愿意听。

正当她在工地上春风得意的时候，跟她谈了两年的男友突然提出了分手。理由很荒唐：不喜欢整天与钢筋、水泥、男人打交道的女人，太没女人味了。

刚分手的那段日子里，她整天以泪洗面。她想到了跳槽。正当她准备辞职时，一个激动人心的消息传来了，由她亲手设计的一项工程得了省级金奖！

“男人能做的，咱女人也能做！”这句话成了她的口头禅。从此，她一心扑在建筑事业上，完成了一项又一项大工程。她成了当地建筑行业中的“铁娘子”。

太阳依旧毒辣，工人们敞胸露怀，干得热火朝天。我远远地看见她拿着标尺在太阳底下忙碌着，一顶红色的安全帽格外显眼。我没去再做打扰，带着满满的收获走出工地，一下子释然了。原来，这世上，美好的不只有爱情，还有那朵夏日里的玫瑰花！

许你一个美好的未来

那年扬州师范学院中文系毕业，他来到一乡镇中学当了一名语文老师。那一届毕业生分配都很背，一刀切，都到乡镇。一干就干了六年，六年足以熬干一个人的青春和热情。但他是个不甘心沉沦的人，教学之余，撰写了大量的教科研文章，还发表了许多文学作品，一下子出了两本个人散文集，在小城的教育界及文学圈都引起了很大的反响。因为爱才，县中向他抛出了橄榄枝，他便怀着高远的理想走进了县中。

进入新学校的第一天，校长向同事们介绍，这是我市本土青年作家，出了两本散文集。以后，我们学校的文学社就由他来掌门。同事们都向他投来敬佩的目光，几个年轻女教师已迫不及待地问他要了微信号。这让他的自豪感和幸福感一下子爆棚了。

第二天，他满面春风地走进初一3班教室，这是他新接手的班级。之前，校长拍着他的肩，语重心长地说："黄老师啊，欢迎你到我校任教。你是一位作家老师，我给你安排一个很有个性的班级。因为这个班的学生都很有个性。以后，你可以如虎添翼，大展宏图了。"

他不知校长嘴里的个性指的是哪方面，但深知校长的言下之意，甚感肩上责任重大，毫不犹豫地说："校长，我会努力的，绝不辜负您的期望。"

他怀着一丝忐忑向教室走去，脑海中还在思考着校长说的话。不知，那些有个性的学生会闹出些啥花样来。

教室的门关着，他微微皱了皱眉，怎么，不欢迎新老师来吗？看看班牌，没走错，是初一3班。他深呼吸一口，轻轻推开门，脚刚迈进去一只，头顶上便撒下来好多东西。紧接着，教室里的学生都哈哈大笑起来。他有些恼怒，但定睛一看，都是些细碎的花瓣呢。他掸了掸落在头发、肩膀上的花瓣，脸上露出了和蔼的笑容。

"你们是不是《小鬼当家》看多了？"他调侃道。

"是的，老师。"一名调皮的男生居然应和着。

"这样的欢迎方式，我很喜欢哦！"他依然一脸阳光，学生们也冲他微笑着。

"你们知道校长跟我说了什么吗？"他环视四周，学生们的眼睛都亮亮的。教室里立刻热闹起来，同学们神采飞扬，饶有兴趣地议论开了。

"一定说我们班是个特殊的班级呗。"

"不会是让你来好好收拾我们的吧？"

"让你做好吃苦的准备呗，哈哈！"这个同学的话又掀起了一阵笑声。

初一的孩子显然还带着些许小学生的天真和幼稚，看着他们兴奋的眼神，他哭笑不得。

他无可奈何地摇摇头，说："你们都说错了。"

学生们一下子安静下来，你看看我，我看看你，一脸的茫然，最后又把视线都投到了他身上。

"你们知道此刻我要说什么吗？"他还在故意卖关子。

果然，有些学生耐不住了，纷纷嚷起来：

"老师，你是否要作自我介绍啊？我们已经知道了，你是一名作家。"

"老师要对我们提出奋斗的目标吧！我们要百尺竿头更进一步。"

他在教室里踱来踱去，然后一转身来到了讲台前，指着一地的花瓣，故作威严地问："你们这样做是否觉得妥？"

他想，他的一招下马威，学生应该有所觉悟吧！至少会立马走出一两个同学来清扫地面吧。没想到，他话音一落，学生又开始兴奋起来，脸儿红扑扑的，露出得意的神情，眼睛里显出狡黠，甚至还有人给他扮鬼脸呢！

看着学生们的神情，他真的有点生气了，冷冷地说："你们看看地上，这是让老师来上课的节奏吗？难不成还要留下什么证据来？”

他一说，学生们不笑了，教室里的气氛一下子尴尬起来。突然，一个女生自告奋勇地站起来说：“老师，您冤枉我们了。”

“冤枉？”他愣了愣，没想到女生会这么说，连忙追问，“你们捉弄老师，难道不是吗？”

“是这样的，老师，听说您要来我班上课，同学们高兴坏了，要给您一个惊喜。”女生的眼里似乎要流出泪水来了，“我们特意捡来新鲜的花瓣作为迎接您的礼物。我们以为您会喜欢。可是……”

听着女生的一番话，他内心偷偷乐着，但又故意不动声色。校长说得对，这帮孩子真的有个性。

过了好一会儿，他向学生深深地鞠了一躬，非常诚恳地说：“同学们，老师真诚地向你们道歉。我冤枉了你们的一片好心，谢谢你们以别具一格的方式迎接我。你们给我上了一堂非常生动又有意义的课。”

教室里先是静悄悄的，学生们聚精会神地看着他。猛然，他听到有人鼓起掌来，一瞬间，掌声四起，教室里的气氛又活跃起来。他注意到，带头鼓掌的是刚才发言的女生，一个白皮肤、大眼睛的文静女孩，气质有点像周冬雨，很清纯。

后来，他特意看了点名册，她的名字也很好听：王舒妍。他还知道撒花瓣原来就是她出的主意。从此，他对这个女孩子有了一份特别的关注。

他发现，课堂上的她眼睛明亮，喜欢思考问题，遇到难题总会不自觉地嘟起小嘴。她的作文，书写清秀工整，文笔优美老练，尤其是古诗词功底很好，文章中总会引用到几句令人心动的古诗句，但又不显得矫揉造作。每次批阅她的作文，他都觉得很愉悦。

他还发现，她总爱在放完学后，一个人静静地站在操场边，倚着栏杆，不说一句话。难道这样清纯无邪的女孩也有烦恼？

他开始让学生们写随笔，所谓随笔就是等同于日记，每天记一些自己看到的，想到的。实在没有内容可写，也可以摘录美文。其实，让学生们写随笔，他还有一个私心，就是想了解他们的思想动态，青春期的孩子最复杂，最需要引导和帮助。当然，他最关注的还是那个女孩子。

一天，他读到她的随笔，她这样写道：宁愿自己就是一缕清风，太多了，怕关注；只一缕，来去自由，轻盈自在，无牵无绊。可她不能如愿。沉重的现实总压得她喘不过气来，永远不如意的数理化成绩，以及整日背得死去活来却永远记不住的政史……父母的叹息，老师的目光，同学的讥笑，他们都在看着她。她越是努力想改变现状，现实越让她痛苦不堪。夜半惊醒，黑暗中，她看不到自己的未来……

他感到有些心疼。原来，这就是她的烦恼。可他平日只注意到了她的语文成绩。不过，幸好，她还会写字，把落寞的情绪化成跳动的文字，以此来弥补现实与理想之间的差别，慰藉空虚的心灵。这让他想起学生时代的自己，想起在乡镇中学工作时的自己，一时百感交集。

那个阳光明媚的午后，他把她叫到办公室，指着刚刚给她批阅完的作文跟她说：“你的文字唯美细腻，充满灵性，有林徽因的才气。”她扬起睫毛看了作文本一眼，只见本子上打满了一个又一个红圈圈。她的眼睛里放着光，但随即又熄灭了，垂下了头。

“那又怎样啊，我理科那么烂，一定上不了重点高中。”她低声说道，语气里充满了自卑。

“你怎么可以这样草率判定你的前途！你的文笔很好，文字很美，为什么就没看到呢？理科差，上高中后选文科，老师相信你，一定会有一个美好的未来。”他微笑着跟她说，目光中充满着期待。

她的那双大眼睛又亮起来。他继续描绘着她美好的未来，悠悠地说：“老师一直想象着，你以后会在某个报社做专栏作家，还会有自己的散文集，或者是自由撰稿人，去旅行，做自己想做的事，单纯地坚守着自己的生活……多么美好的未来啊！”其实，这些何尝不都是他曾经的理想呀！

她的脸上绽放出久违的微笑，就像窗外怡人的阳光。显然，她很喜欢他许给她的未来。后来，她没说什么，只留下一个明媚的笑容和自信坚强的背影。从此，操场上少了一个彷徨的背影，班级里多了一个拼命的女孩。

那年中考，她没有考取重点高中，但在普通高中里，她如愿地选了文科，后来考上了一个还算满意的大学。在大学里，听说她以其唯美细腻的文字所向披靡，征服了不少读者，还做了校刊社的编辑。

时光流转，本以为记忆中的她会逐渐淡去。可没想到，今年元旦，他竟收到她寄来的一张贺卡，上面写道：老师，您好吗？感谢您当年那句“你一定会有一个美好的未来”，这句话一直温暖着我，鼓励着我，使我相信，自己的未来一定会很美。

花房姑娘

1

“你带我走进你的花房/我无法逃脱花的迷香/我不知不觉忘记了/噢方向……”崔健的这首《花房姑娘》唱到了我的骨头缝里。每次听到这首歌，我都会想起成都那家名叫“花房姑娘”的鲜花店。店老板辉哥，是一个帅气儒雅的文艺男青年。

花店离成都的宽窄巷子很近，步行约十多分钟就能到。一座两层楼的小木屋，在一条窄窄长长的老街上，很别致。木屋旁长满了紫荆花，一场雨下来，花瓣就落了一次；再一场雨，依然有落花。我问他：“这紫荆花一年到底开几次啊？”他说：“好像一年到头都在开吧。”

我大概是辉哥花店里最遥远的一个无聊客人，所谓的远房亲戚。第一次遇见他纯属偶然。那天，我带着一帮子同学到宽窄巷子玩，因我之前已玩过好几次，没有兴趣再跟着他们逛，就只身一人到附近老街巷子随意逛逛。我不太喜欢热闹的地方，每次出来也总是挑一些游人稀少，大家都不在意的地方走走看看。走着走着，就走到了“花房姑娘”。

盛开的紫荆花下，一个穿着白衬衣的男青年正在插花，见有人来，便停下手中的活儿，起身向我有礼貌地打招呼：“您好，请进来看看，总有一款花适合您的。”他那南方口音的普通话，让人听着很舒服。我随着他走进了花房，室内正播放着崔健的《花房姑娘》。我在花丛中流连，一时间眼花缭乱。最终，还是他挑了一束“勿忘我”送给我。他说：“第一次来店里的客人，我都会送‘勿忘我’给他们，希望客人真正喜欢这里，永远记得这里。”他的话令我感动。

我跟他坐在店里，聊到很晚——忘记了那天我们聊了什么。那年夏天，我在成都住了一个月，天气热得不像话，我穿着棉布裙子，戴着大草帽和黑墨镜，经常去他那里喝茶、听音乐、聊天，有时跟他学学插花。

那年夏天，我高考失意，父母见我整天在家愁眉不展，不吃不喝，怕我出什么意外，便大手一挥，给了我一笔钱，让我一个人去旅行。我第一眼相中了成都，那里有我爱吃的火锅。恰巧，我的几个同学也结伴出来旅行，知道我已先到达成都，就把我当成大本营来投靠我了。当然，同学们只是短暂的停留，他们还要去厦门等几个城市玩，问我去不去，我想了想还是决定在成都过完这个暑假。同学们问我，是不是为了辉哥，我说不是，但又说不清究竟是为了什么而愿意留下来。

2

我对这座城市产生了眷恋，它是那样的古老、潮热，充满我听不懂的方言，火锅味道又是那样强烈地刺激着我的味蕾，而“花房姑娘”如一颗小小的心脏一般在它中心跳动着，促使我一次又一次来到它身边。

我推开店门，铃铛就会叮当一响——有时候辉哥在楼下，于是抬头就看见我了，我喜欢他有些惊讶的笑；有时候他在楼上什么地方，我就站在楼下大喊：“人呢？人呢？”——他就不声不响地从什么地方钻出来了，像有乾坤大挪移的本领似的。

他忙碌时，我就安静地坐在店堂里看书，有时会信手写几行貌似诗的句子。他空闲时，会泡一壶好茶，和我侃大山。

他告诉我，当年高考的时候，离一本线只差了两分。这是个尴尬的分数，不太好填报自己理想的志愿，最终录取了一所武汉的二流大学。幸好所学的专业是自己喜欢的园林专业。毕业后，起初在一个园林公司工作，领导比较看得起，待遇也不错，但朝九晚五的工作令他感到很乏味，就毅然辞了职，开起了这家小花店。因为他干的是本专业的活儿，所以特别顺手，花店经营得一年比一年好。

“高考也不能代表什么，最终能证明的是你的能力，是你适应社会的能力。”他一边说，一边双手比画着。

这样的大道理，我听得多了。我强忍住笑，装出一副认真受教益的样子。

“高考只是人生旅途中的某一站，以后的路长着呢，你要时时做好迈过坎儿的准备才是。”他看着我，眼睛里充满了真诚。

“你有女朋友吗？”

“啊？”他没料到我问得如此直接，很惊讶。

“你在大学里谈过恋爱吗？”我换了一个话题。

“你没谈过？谁说来着的，大学里不谈个恋爱就是白上了。哈哈！”他居然把话题又抛给了我。

“晕菜，你这句话跟我爸说的一样一样的。”我吐了吐舌头，搞怪地说。

“哈哈……我，你爸……诶，我有那么老吗？”第一次见到他如此幽默搞笑。

那天，我们交谈甚欢，他第一次留我一起吃饭。饭菜很简单，一个小火锅，一箱啤酒。不胜酒力的我，居然喝了两瓶也没醉。

多日来的郁闷，一夜之间烟消云散。

3

一个下雨天，客人很少，我们又坐在店堂里聊天。舒缓的音乐，袅袅的茶香，馥郁的花香，让我一时忘了这是夏天。那一刻，我甚至觉得，拥有一个小花店，是天下最幸福的事了。

或许，这样的天气，这样的气氛，很适合谈爱情的话题，辉哥没等我发问，便主动向我透露了他的那段校园爱情。

他在大学里谈过恋爱。但那只是属于他一个人的暗恋。

那是在大三，他喜欢上土木工程系里那个扎着马尾、能歌善舞的女孩。认识她，是在学校的新年联欢晚会上。她就坐在他的旁边。而且巧合的是他们两个都有节目表演，她唱歌，他朗诵。那天，她唱的歌曲就是《花房姑娘》，而他朗诵的诗歌竟然也跟花有关，是他自己写的诗《兰花在轻轻地唱》。

“有些时候，缘分这东西说来就来，但它去得也决绝。”他微微地叹了一口气。

“是你懦弱，还是她无动于衷？”

“不怪她，怪我太胆小。”

联欢会结束，她称赞他的朗诵太棒了，诗歌也写得好。或许是紧张，又或许是羞涩，他竟然结结巴巴地说不全一句话。结果，他看着她抿着嘴笑着跟同学走出了礼堂。

从那以后，他开始为她写诗。差不多每天或隔天，都会写一首现代诗。这速度足以令一些诗人害怕或者羡慕，他们写一本诗集要花多少时间啊，而他竟然写得那么快。

唯有爱情会让凡夫俗子短暂地成为诗人，只是很遗憾，他一首诗都没有给过她看，写完就压在了箱底里。大学毕业，箱子里存了厚厚一叠诗稿。自然，他对她的喜欢，她是全然不知的。他的暗恋也就此无疾而终。

“这些诗歌还留着吗？你后悔过吗？”

“将来我老了，也不会多么遗憾，因为年轻时，我是个写过情诗的男子。”他爽朗地笑着。

随后，他翻出压了好几年箱底的诗歌给我看。我读着那些青涩、赤诚又饱含着爱慕的诗句，热泪盈眶，仿佛又回到了那段青葱岁月。我也写过情诗，大约写了二十多首。写情诗当然是因为，我当时暗恋着一个男生。现在回想起来，那个男生沉默的时候，侧面像极了韩国影星宋仲基。

“我给你吹个竖笛吧。”他将我的思绪拉回到现实。

他坐在我对面，吹起了那首《花房姑娘》，笛声悠扬婉转，多么好听。室外，夏天的风正从紫荆花吹过，偶有花瓣落下来。风儿很轻，我们的心儿也轻如羽毛，随着笛声飞上了云端。

4

回到家，我开始重新收拾心情，以坦然的心态面对高考的失败。我跟父母做了一次长谈，希望他们能够资助我开一个小花店。父母还是比较通情达理的，见我主意已定，便没有多说什么。爸爸把钱给我的时候，语重心长地说了一句：“走好自己的路，选择了就不要后悔，我们永远是你坚强的后盾。”从不煽情的爸爸说得那么感人，我不禁泪流满面。

5月20日，我的花店“花房姑娘”正式开张。我跟辉哥说：

“不介意重名吧，要不，咱们就强强联手，一起把花店做强做大。”他在电话那头笑得很欢，祝我旗开得胜，万事如意。

虽然我们隔得很远，但一直保持着联络。遇到问题，我会马上向辉哥求助，而他也会在第一时间答复我。因为花，因为那年夏天，我们有说不完的话题，聊不完的故事。我们之间的友情之花也越来越芬芳。

10月1日，辉哥大婚，那个幸福的新娘也爱花。接到喜帖，我正在店里忙，实在抽不出身来去参加他们的婚礼。我给辉哥夫妇快递了一盒巧克力和一束我亲手扎的蓝色妖姬，衷心祝愿他们花好月圆，白头偕老。

几年过去了，我依然是辉哥店里的一个过客，有时因为业务关系，有时纯粹为了叙旧。往往，我下了飞机，下了机场大巴，打了车，跟人家说：“去幸福路的花房姑娘。”

司机不一定知道在哪里，我再详细地跟他解释地点——但我一定要先说那一句，说出来的时候，这陌生的城市就活了，好像我的故乡那样，芳香扑鼻了。

离开，也是一种美

1

高考分数一公布，我就知道自己考砸了。可再怎么后悔也来不及了，只好收拾心情去念一所离家较远的二流大学。生长在离异家庭的孩子，本来就很敏感，尽管我是我们村第一个考上大学的人，可还是一只丑小鸭。

报到第一天，爸爸准备要送我，我拒绝了，我说我能行。因为带的东西并不多，除了日常用品，就是几件换洗衣服。坐上公共汽车，转了两次车，从早上8点出发，终于在下午4点左右抵达了学校。因为一路上晕车得很厉害，所以走到学校的时候，我差点整个人都虚脱了。

好不容易坚持走到了宿舍，室友们都到齐了，正站在那里有说有笑的，她们的爸爸妈妈却在忙碌着整理床铺和写字台。他们看到我如此疲惫不堪的样子很惊讶，有两个妈妈还探出头来往我身后张望，看看我身后没人，有些疑惑。我强颜欢笑着说：“叔叔阿姨们好，我没有让爸妈送，我是一个人来的。”那些爸爸妈妈们纷纷竖起大拇指夸我：“好样的，你真能干！”室友们也都向我投来赞赏的目光。其实，那一刻，我是多么羡慕她们啊！

因为自卑，我很少主动和别人说话。就是在宿舍里，也很少听到我的声音。我往往独自走在校园里。我发现学校的后花园很美，有池塘，有荷花，有假山，有亭子，还有桂花和栀子花。没事的时候，我总会到后花园来转转，听听鸟语，闻闻花香，也不觉得寂寞。

我的床铺靠窗，每当夜晚来临的时候，我就喜欢往窗外看，看明月，看萤火，看灯光，有时什么也看不见，就是一团漆黑。室友们在兴奋地侃大山、聊八卦，而我就像一个局外人，在角落里安静地沉默着。我觉得这是一天里最快乐最轻松的时光。我可以不用伪装，彻底地将心事抖落在浓浓的夜色里。

爸爸打来电话问我学校生活怎么样，我告诉他这里一切都很好。

就这样，大一的生活不紧不慢地过去了。

2

到了大二，我莫名地爱上了动漫。在选课的时候，也毫不犹豫地选修了动漫课。进了课堂，我发现学动漫的男生多，女生少。一天，又来了一个男生，就坐在我的旁边。他穿着白T恤、白球鞋，乌黑的头发好像用啫喱水打理过，走起路来，似有轻扬飞舞的感觉。如此动感的造型，多像我最新设计的动漫中的男主角发型啊。我不由得朝他多看了一眼。不可否认，源自他身上的那份朝气和自信，深深吸引了我，一股莫名的力量从我心底涌出，它让我灰暗的心情一下子变得亮堂起来。

我越来越爱上动漫课了，我知道这都是因为他。课堂上，我会偷偷打开笔记本，将他的侧脸画下来，然后把他设计成我动漫中的男主角形象。我也会暗暗观察他的穿着、举手投足间的神情，然后一一记录在我的笔记本里。等我的动漫设计完成，男主角已经全部变成是他了。

上交作品的时候，我有些忐忑，就怕老师认出来。幸亏平时老师与我们交道打得比较少，对听课的学生印象不是太深，没有认出来。不过，我的作品得到了老师的好评，说人物形象特具青春活力，符合时代特征。我听了暗自得意。

有一节课，老师在讲如何突出人物的个性特点时，突然像想到了什么，停下来点我的名字，我惶恐地站了起来。老师笑着说："你上次设计的人物形象就非常好，来，拿上来给同学们看看。"我的脸刷地红了，语无伦次地说："老师，不，啊，我设计得不好呢。"老师的语气亲切又不容置疑："设计得很好呀，要有自信哦！"老师这么一说，我真的不敢再推辞了，只好将作品递给了老师。

老师刚将我的作品呈现在大屏幕上，座位上便一片哗然。老师愕然地看着大家，我的脸更是涨得通红，真想找个地洞钻下去。我用余光瞥了一下身边的他，只见他惊讶地盯着大屏幕。这时，不知是谁兴奋地说：“这不就是咱们班李晓嘛，太像了！”

“对，像，真的太像了！”同学们不约而同地朝我身边的他看过来。

这一刻，我才知道他的名字叫李晓。李晓不好意思地挠了挠头，笑了。动漫老师也笑了。那一课，老师讲的啥我都没听见。直到下课，李晓推了推我胳膊，才如梦初醒。

3

我和李晓走在校园里，十月的桂花香气十分浓烈，我贪婪地呼吸着，整个身心都浸染了桂子的芬芳。

李晓问我：“怎么会想到将人物设计成我的形象？”

我迟疑了下，本想说你很有型，但觉得不好意思说出口，便立马改口说：“因为你的形象很阳光。”

“哦，哈哈，谢谢你的夸奖！不过，你的设计真的很棒！”李晓笑起来的时候更阳光。

“也要谢谢你才对。”我第一次勇敢地看着他的眼睛说话。他的眼睛也很美，像盛着一汪深蓝的海水。

李晓告诉我，他虽然还在读书，却已在一家游戏开发公司做兼职设计人员。他还说我也可以试着报名兼职的，而且一定能做得很好的。

“真的吗？我可以？”我抬起头，迷茫地看着他。

“当然可以，我看好你！这样吧，我替你介绍，过两天给你消息。”他温和而又肯定地说。

夜晚，我倚在窗前看月亮。月亮真圆，真亮，像一面铜镜映照着我的心。朦胧中，铜镜里闪现出李晓的影子，依然白T恤、白球鞋，乌黑的头发，那么阳光帅气，那么温和可亲。他是第一个给了我鼓励的人。回味着他的话，我笑了。

我拿出笔记本，又悄悄画起了他的眉他的眼。李晓从来不知道，他是这样生长在我的心中，绿意氤氲，枝叶繁茂。

从那天开始，我和李晓之间的交流多了起来。我们会为了角色的服装道具争论不休，也会为角色的台词讨论半天。大多时候，我会安静地听李晓说，然后提出我的观点和想法。

两个星期后，李晓给我带来了一个好消息，那家游戏开发公司愿意让我去兼职。听到喜讯，我高兴得不知要说什么好。最后，为了表示感谢，我想请李晓看一场电影。没想到他听了哈哈大笑说：“这是小事一桩，同学之间不言谢的。电影嘛，你该请你的男朋友看。”

“男朋友？”我窘迫极了，“我，我没有男朋友哦。”

“哈，对不起，对不起！”李晓又笑起来，“这样吧，我再买一张电影票，我请我的女朋友跟咱们一起去。”

“谢谢！”我嘴上说着谢谢，心里却像打翻了五味瓶。原来，李晓已经有了女朋友。

在电影院门口，我见到了李晓的女朋友。那是一个身材高挑的女孩，黑发如瀑，星眸璀璨，和李晓相当般配。看着他们有说有笑的，我心里虽然有种莫名的痛，可转念想，李晓这么优秀的男孩子，他的身边本来就应该有这样的女孩相伴。我呢，只是一朵不起眼的小花。

电影很精彩，可我已经记不得自己看到了些什么。

4

上到动漫课，李晓依然坐在我的旁边。我依然会偷偷地把他画在我的笔记本里。只是，我已经将李晓深深藏在了心底。每当夜深人静的时候，我会想起他。

我开始了兼职工作，但有两天是跟李晓错开的，他是周一周三班，我是周二周四班，周五我们才会一起上班。在这个公司里，李晓就像我的兄长，时时处处关照着我，让我感到很温暖。所以，我也格外珍惜这份兼职，珍惜和李晓在一起的每一次机会。

一天，动漫老师在课上发了一个动漫设计比赛的通知，让我们都参加试试。我看了下参赛要求，有点动摇了。因为这次比赛不仅有设计任务，还要亲自上台展示讲解。我知道自己口才不好，胆子又小，即便是设计通过了，也不敢上台讲解的。

李晓看出了我的心思，他对我说："报名吧，没有试过怎么知道自己不行呢？我们一起报名！”看着他诚挚的眼神，我的心底又涌起一股莫名的冲动。我决定参加比赛。因为，我想让他记住我。

我开始寻找灵感，翻着翻着笔记本，嘿，灵感来了。经过一个多星期的挑灯夜战，动漫设计已完成，现在就差讲解这一环节了。

一开始，我无从下手，不知道究竟该先说什么，后说什么。后来，李晓教我：“你是怎么想的，就怎么说。只要把你的想法一步一步说出来就可以了。”为了让我消除胆怯的顾虑，他还充当听众坐在我的对面，让我讲给他听。发现问题，他及时给我纠正。一遍不行，就来两遍，两遍不行，就来三遍……如此反复训练，终于，我能够站在前面，大方流利地表达自己的观点了。

当李晓拿出手机，让我看他给我拍的视频时，我惊呆了。这是我吗？原来，自己也是可以侃侃而谈的。

动漫设计比赛成绩揭晓，我得了二等奖，李晓得了一等奖。室友们都挺为我高兴的，她们一致认为我是个低调、深藏不露的高手。只有我自己知道，曾经的我是多么的胆小和自卑，只因为遇见了李晓，才让我有了这么大的改变。

领奖的那一天，李晓举着奖杯向我祝贺，我也举着奖杯向他表示感谢。

领奖结束，和李晓分别的时候，他郑重地跟我说了一句：“记住，你很棒！”那一刻，我有落泪的冲动。

5

终于到了毕业季，终是要离开这里了，终是要和这里所有的一切说声再见了。

在离去的那个早晨，我来到学校的后花园。清清的小池塘里开满了荷花，几只蜻蜓正在花朵上嬉戏。亭子边的金桂和栀子花，举着绿油油的叶子，仿佛在对我说：“别走呀，我们马上就要开花了。”一只小鸟恰巧飞过我的头顶，似乎要窥探我的心事。我无声地笑了笑，将那些画着李晓肖像的笔记本都装在了一个盒子里，埋在桂花树下。这是我值得珍惜的东西，留在这里，见证我青葱的岁月，感谢李晓，陪我走过了人生中难忘的这一季。

第三章

爱至深沉，百转千回

最好的爱，不会让你低到尘埃里，也不会让你依附他，等到不堪重负时放开你的手。

欠你一个拥抱

二月的梅枝金黄灿烂，一嘟噜一嘟噜的小花朵，有着丝绸般的质地，明艳芬芳。俯下身，凑近一朵，幽香沁人心脾。恍惚间，她听到他说：“请记得，你欠我一个拥抱。”这声音那么遥远，却又那么真切。

1

去年，他就在这株梅树下，支起画架，给她画像。

二月的风仍旧带着寒气，把她额前的头发微微吹起，她没有动，如莲般端坐着，嘴角上扬。她要给他最好的姿势。

他凝视着她，十分投入，点墨、勾勒、浅描，每笔都一丝不苟。他要把她画在心上。

这是他们认识三年后第一次真切地面对面。

看着眼圈发黑的他，她轻轻地问："你怎么来了？"

他没有回答，带着一丝调皮的戏谑轻声念一首诗：

"……而我心里最美丽的地方，却被你的光芒照得通亮，别人都不曾费心走那么远，别人都觉得寻找太麻烦，所以没人发现过我的美丽，所以没人到过这里……"

这是她喜欢的爱尔兰诗人罗伊•克里夫特的《爱》。

"我不怕麻烦就来啦！"他调皮地眨着眼，清澈的眼睛像一片海，海水里有她的影子。

外婆说过，在另一双眼睛里看到自己，那是因为有爱。

2

网络上认识他的时候，她刚刚结束一段刻骨铭心的恋情。男孩子是她暗恋了三年的同班同学，最后因双方工作不在一起而分了手。

失恋后，她一蹶不振，整天沉迷于网络，游戏、聊天……就差网络上没有酒吧，否则准会夜夜买醉。

一天深夜，她照例挂在网上，不时有头像跳跃，她无心搭理，想到烦心处，一挥手直接把对方拉黑了。当循环播放的最后一曲结束，她准备关机的时候，有一个头像执著地闪烁着。随手点开，屏幕上出现一行浅蓝的小字：我们都是孤独的一群人。孤独并不可怕，可怕的是我们害怕孤独。

她还未读完，又跳出来一句："小老鼠，小老鼠，我是猫。”

有病啊，谁和你玩猫捉老鼠的游戏？她嘲讽地回了一句：“老鼠一辈子都不会爱上猫。”

没想到对方反应很快，回过来一句：“落伍了吧？羊都能爱上狼，老鼠也会爱上猫的。”

她被逗笑了，第一次笑得那么没心没肺。

窗外，一片漆黑。屋内，电脑屏幕不停地闪烁。那一晚，她一直在笑，好久都没这么笑过了。

其实，他早就是她的QQ好友，只不过两人从来没有聊过天。他是大学美术老师，喜爱读书、画画、写作。逛他的空间相册，里面都是美术作品。她是电视台编剧，能歌善舞。或许有着一些相同的兴趣和爱好，他们在网络上越走越近。一走就走了三年。

有时，她想，要是离开网络，他们还能走到一起吗？

一直有人给她说媒，每一次都被她拒绝了，一开始是因为没心情，后来，大概是因为她心中有了遥远的他，但她自己也搞不清自己究竟是不是就这样爱了。就这样犹豫着，猜度着，试探着，她发现他突然消失了。她给他留了好多言，都如石沉大海。

她想，网络上的事怎么能当真呢？或许是自己太多情了。

一天，她又被妈妈逼着去相亲。对象是妈妈的好朋友介绍的，小伙子才貌双全，工作也不错，而且两家门当户对，双方家长都十分中意这门婚事。小伙子也十二分的中意她。她点头了，开始和小伙子交往。不久，双方家长开始为他们的订婚而忙碌。

3

当她逐渐习惯没有他的生活后，他却意外地出现在她跟前。

他说，二月的小城，真好，没有雾霾笼罩，空气里弥漫着腊梅花的味道。他第一脚踏上这片土地的时候，就知道自己深深地爱着它。

他还说，这一次，凡是有她生活印记的地方，他都要走一走。

“可你那些时日都在哪里？”她的语气里有淡淡的怨，有悲伤，但仍旧克制着。

“我一直在，只是我不知道怎么跟你说。”她吃惊地望着他。

原来，他也是同样的心情，不知道该不该对着网络一端的那个她表白。他想，生活里哪有那么多爱情传奇？或许大家还是在网络上做个知心的朋友比较好，越界了，也许就会失去本来美好的感觉。他也看到了她的留言，但还是犹豫了。

那些天，他无计可消除，沉溺于书海。一天，他读到罗伊•克里夫特的一首诗《爱》，顿时热泪盈眶，心潮澎湃。

“……而我心里最美丽的地方，却被你的光芒照得通亮，别人都不曾费心走那么远，别人都觉得寻找太麻烦，所以没人发现过我的美丽，所以没人到过这里……”刹那间，他心头升腾起一股无穷的力量——要去找她，一定要去找她。

“是爱的天使把我带到了你面前。”他的声音如柔软的羽毛落在她的心田。只是这一根羽毛撩拨着她的心脏，有一种深深的痛楚。

她默默地陪着他在小城里行走。每到一处，他都会在画册上记一笔。只两天，他那本厚厚的画册就已全部画满。他说，即便记忆老去，那些线条，那些墨色都永远不会褪色。

“这是你骄傲的小半生。”他晃晃手中的画册说，“你的后半生就由我来记录吧。”

看着他真诚而又通透的目光，她好想说，我愿意。但她终究没说出口。

婚期在前，一切都平淡安稳得如行云流水。毕竟，现实中的一切有更强大的力量。轻易地背叛既定的现实，真的能换来彼此真挚的爱和长久的相守吗？

他们都沉默了。

她默默地在一株梅树下坐了下来，阳光落在梅树上，发出暖暖的香。他深情地看着她：“来，给你画张像。”

一切都像静止了一般，心也安静了。天地安静，如此辽阔。

4

时光无足，却走得如此迅疾，都来不及与之挥手作别。

他走了。

她没有去送行。她害怕别离。

他坐上列车的时候给她发了一条短信：请记得，你欠我一个拥抱！

她突然落泪如雨。

不知道他是如何跨上列车的，不知道他是不是也在流泪。她只知道，那一刻，在那株金黄灿烂的梅树下，她是多么爱他。

来自凤凰的你

天，天空下起了倾盆大雨。

家，白色连衣裙被雨水浸湿了。换了身衣
心地拢着被雨水打湿的头发，眼前又浮现

把脸贴在厚厚的玻璃窗上，像一张被压扁
从他脸上滑下来。朦胧中，半夏见他的嘴
画着。半夏看懂了，那是一颗大大的“爱
心”。

陶阳是去湖南支教的，那所小学在凤凰古镇附近。

雨越下越大，列车慢慢消失在雨帘的尽头，半夏的视线渐渐模糊了。铁轨上，雨点溅起的水花，像一串串忧伤的音符，回忆一幕幕涌上心头。

“嘿嘿，我先去凤凰驻扎营地，一切妥当后再迎接你来入住。”陶阳指着地图上的凤凰古镇，爽朗地笑着。

“好啊！我毕业了就来。”倚着陶阳厚实的肩膀，半夏笑靥如花，眼睛眯成细细的一弯新月。

半夏向往凤凰，是从读沈从文先生的《边城》开始的。

沈先生笔下，处处是湿润透明的湘楚景色，处处是淳朴赤诚的风味人情。尤其是凤凰，青山绿水，美不胜收，堪称“世外桃源”。

正是从那时起，美丽的凤凰成了她一心向往的地方。

有一天，半夏和陶阳玩一个游戏，两人分别在纸上写下一个最喜欢的城市。结果，两人不约而同地写下了凤凰。

“这辈子能和心爱的人去一次凤凰，就是最大的幸福。”半夏含情脉脉地注视着陶阳。

陶阳弯下身，附在半夏的耳边轻轻说：“有了你，去哪儿都是天堂。”

“要是你遇到了翠翠一样的女孩，还会回来吗？”半夏点点陶阳的额头，调皮地眨着大眼睛。

“哈哈，翠翠只有一个，她在沈从文的心里。我心里住着另一个聪慧的姑娘呢！”陶阳爱怜地刮了刮半夏的鼻子，把她的手抓得更紧了。半夏听到了陶阳急促的心跳声，不禁脸色绯红。

2

和陶阳一起去那所学校支教的，还有他的同学蓝颜。

蓝颜是陶阳班上的团支书。半夏见过她，瘦高个儿，瓜子脸，一双水灵灵的大眼睛，既漂亮，又有气质。

半夏问过陶阳，为何蓝颜也去支教。陶阳说，那所学校是他们的挂钩学校，由于条件比较差，班上主动报名的同学很少。后来，班主任就指派了蓝颜和他。因为蓝颜是班团支书，陶阳是班长。

有一件事，半夏从未和陶阳说过。那就是，她知道蓝颜曾暗恋过陶阳。

半夏有个同学叫锦心，是蓝颜的表妹。有一次，半夏和她聊天时，锦心说到了表姐蓝颜，说蓝颜暗恋班上一个很优秀的男生陶阳。还问半夏是否认识陶阳。

半夏便把她和陶阳的爱情故事告诉了锦心。她比陶阳小一届，因两人同在学生会，所以彼此认识。

陶阳是学生会会长，一米八五，阳光帅气，拉一手好听的小提琴。每场晚会，陶阳都会上台演奏一曲。半夏第一次听到的曲目是《梁祝》。那一次，半夏听得很沉醉，对陶阳产生了别样的情愫。

有一次，学生会排演一个小品，半夏扮演女主角，陶阳是男主角。

小品讲述了一个爱情故事：一个乡下男孩爱上了一个城里女

孩，但他们的爱情遭到了双方家庭的强烈反对。因为真心相爱，他们最终冲破重重阻力，幸福地走到了一起。

演到最后，当陶阳紧紧握住半夏的手，声情并茂地说“我要让你成为天下最幸福的女人”时，两人都情不自禁地流下了激动的泪水。

当时，这幕剧轰动了整个校园。陶阳和半夏的爱情故事也由此拉开了序幕。

3

陶阳去凤凰两个月了。寂寥时，唯有读信，这是半夏一天里最快乐的时光。

每晚8点，陶阳的邮件总会如约而至。邮件里都是凤凰的好。

陶阳在信中说：

凤凰的灵魂是沱江。清晨的沱江别有情致，宛如一个亭亭玉立的少女，安静清秀，纯净俊美。清凌凌的江面上氤氲着薄薄的雾气。小船一字排开，泊在江心，苗家姑娘立于船头，甜美悠扬的山歌声此起彼伏。恍惚间，有心飞过江面的感觉。抬头远望，对面的青山倒映在水中，分外的端庄优雅。

信中还附了十多张风景秀丽的照片。看到最后一张，半夏的心里陡然生出不悦，照片上蓝颜穿着苗家姑娘的衣服立于船头，身后站着傻傻笑着的陶阳。

又有一封邮件来，陶阳说：

沱江两岸，绵密的吊脚楼依水而立，古韵悠悠，宁静祥和。江边，苗家女子正在用木槌洗衣，寻常的拍击声成了一串串美妙动听的音符，穿过微风，落在心上格外舒服。沱江上的栈桥像一根绳子，背着竹篓的当地人步伐矫健地穿梭在栈桥上。

陶阳又发来了十多张照片。这次照片后面多了一行小字：来吧，亲爱的姑娘。让我牵着你的手，沿着江边的水中石阶走走……

半夏流泪了。她恨不得马上插上翅膀飞到沱江边，飞到那个可爱的人儿身边。

4

那个夏季，雨水颇多，大雨连绵。半夏的心里湿漉漉的：那所小学条件怎么样？住的、吃的，还习惯吗？

每当半夏问起陶阳这些问题时，陶阳总是回答：“住的是山清水秀的地儿，吃的是地道的湘菜人家，教的是天真可爱的孩童，你说好不好？”

半夏知道陶阳说的不是实话。之前，她和陶阳百度过那所学校，那是一个极其贫困的山区小学，教学设施很不完善，一下雨便会断电。

雨仍在下个不停。半夏不停地点击鼠标，反复刷新着邮箱，还是一无所获。

“一定是断电了。”半夏郁闷至极。

可是，这一次的断电似乎很长，已经三天没有收到陶阳的新邮件了。

拨打陶阳的电话，手机已关机。半夏的心悬在了半空。

第四天，半夏照例打开收件箱，一封新邮件跳了出来。半夏激动地直唤：“陶阳，陶阳！”似乎陶阳就站在她的眼前。然而，半夏一口气读完这封信，却差点瘫倒在地上。

信是这样写的：

“半夏，感谢你一直以来对我的好。如今，有一件事不得不和你说清楚。来到凤凰后，蓝颜一直无微不至地照顾着我。她很爱我，我也爱上了她。所以，对不起，请你忘记我吧！”

“为什么？为什么会这样？”半夏绝望地哭喊着。

5

整整一年了，半夏再也没收到陶阳的邮件。陶阳的手机也失联了，或许已换了号码。

半夏憎恨凤凰，憎恨蓝颜，憎恨背叛她的陶阳。总之，凡是和凤凰有关的一切，她都厌恶、排斥。

原本，半夏和陶阳商量好，等她毕业，陶阳到哪里，半夏就到哪里。如今，一切都成了不可实现的梦。

毕业典礼上，借着酒劲，锦心跟半夏说起了一个秘密。

“你还记得去年我们这里下的那场大雨吗？”

“怎么不记得？下了三天三夜。”

“那一天，凤凰也下了特大暴雨。”

“凤凰？我，我不要听！不要在我面前说这两个字！”半夏捂起耳朵，尖声叫起来。

“对不起，今天我得说，不然就没机会了。”锦心抓起半夏的手，眼睛定定地看着她，“那天，陶阳所在学校一间危房坍塌了。陶阳和我表姐为了救孩子，双双被压在了一片废墟里。他们都被压住了腿，后来我表姐的腿保住了，而陶阳……”一颗泪珠从锦心眼里滚落下来，正好滴在半夏的手背上。

半夏犹如五雷轰顶，呆呆地站在那里，好不容易结起来的伤疤顷刻间被撕开一道深深的血口……

“陶阳，陶阳，我来了，我来了……”半夏坐在开往凤凰的列车上，凝望着窗外一片片绚烂的杜鹃花，恍惚间，她又看到了陶阳的那张笑脸。

6

半夏风尘仆仆地赶到那所学校时，天色已晚。破旧的校舍，在风中静默。

半夏轻轻敲开一扇门，门里探出一张瘦瘦的女人的脸。

“请问陶阳在这里吗？”半夏急切地问道。

“陶阳？哦，那个断了腿的小伙子呀，不在这里了，听说是回老家了。你是谁呀？”女人让半夏进了屋，递上一杯白开水。

握着杯子，半夏的泪水汹涌而出。

那个夜晚，瘦脸女人说了好多陶阳的故事。比如，陶阳用微薄的工资资助一对双胞胎姐妹；陶阳在校园里开辟了一个菜园，不仅种菜，还种了许多花。

“他是个好小伙子，要不是意外成了残疾，他还准备动员他的女朋友来这里呢！对了，他种了好多玫瑰花，说是要送给女朋友……”女人一边叹息着，一边连连摇头。

半夏的心碎了。在女人的陪同下，她来到陶阳开辟的菜园。因为无人打理，菜园杂草疯长。突然，半夏的目光触及一片艳红。她惊呆了，那是多大一片红红的玫瑰花啊！半夏俯下身，轻轻抚摸着那柔柔的花瓣，不由自主地热泪纵横。原来，他对他的爱，一直都在。

“陶阳，我一定要找到你。”半夏怀抱着玫瑰，躺在陶阳曾经睡过的床上，一遍遍说着这句话。

后会无期

1

立秋已过，可气温仍旧降不下来。

苏青无精打采地躺在凉席上玩手机。切西瓜的游戏是晓风三年前替她下载的，都老得掉牙了，可苏青从来没有动过要更换游戏的念头。习惯了，便爱上了吧！

这就像她和晓风的关系，两人认识了五年，在别人眼里，早就可以迈入结婚的殿堂了。可是，他们俩似乎谁也不着急，谁也不主动提出关于结婚的话题。好的时候，两人像牛皮糖一样整天粘在一起。吵的时候，两人可以一星期不见面。待再见面时却又如初般好。

想起刚才晓风发来的短信，苏青就生气。这个周六是两人相识五周年的纪念日，又恰逢朋友送了晓风两张苏州“停云香馆”画展的贵宾券，于是，两人商定好去苏州玩两天。

可周五下午，晓风突然从单位发来信息：亲爱的，明天临时有个采访任务，去不了了。你一个人去吧，玩得开心点哦！

苏青失望极了：能不能和同事换一下？好不容易得空一起走呢！再说，为了我们的纪念日，你就不可以请下假吗？

等了好久，晓风终于发来了回复：宝贝，实在不行呢。你还是一个人去吧！

一个人去就一个人去，苏青狠狠地删掉了晓风的短信，开始在百度地图上查找“停云香馆”的具体位置。

2

从上海到苏州真是方便极了，高铁差不多半小时就到了。一路上，苏青最喜欢看那一块块稻田，像绿色的田字格，方方正正的；又像一幅幅水墨画，绿意氤氲，在蓝天的映衬下，依稀还能见得到那亮亮的一汪汪水。

苏青突然想起高中同学林浩，听说他现在是中国美术家协会会员了，若是让他来画一画江南水乡的稻田，那该是一幅怎样美妙的画呀？想到这里，苏青对即将要欣赏的画展越发期待了。

“停云香馆”在苏州的平江路。曾听一苏州朋友形容，比较苏州的另一条街——山塘街熙熙攘攘的富贵烟火气，平江路就像一个清秀的书生独自在园子里散步，步调不紧不慢，隐逸、淡泊、古雅。这样的描述太令苏青着迷了。

第二天，天刚蒙蒙亮，苏青便来到了平江路。青石板路上泛着潮湿的光亮，也许昨夜里下过雨。时辰尚早，游人寥寥无几。女人们已在街门口忙碌了，生炉子，煮茶叶蛋，蒸糖藕……腾腾热气下，一张张清秀、白净的脸上带着淡淡的微笑。那些女人们确实耐看，不管老少，一个个都把自己收拾得妥妥帖帖的，就像一朵朵活色生香的花开满了整个平江路。

苏青不紧不慢地走着，不一会儿便看到了前面拐角处的“停云香馆”。

走进去，室内窗明几净，静玉生香。小心翼翼地上得二楼，木质楼梯发出吱嘎吱嘎轻微的声音。雕花格子窗，红木桌椅子，墙壁上一幅幅精美的书画在晨光的微茫中静泊着，真是别有洞天。

苏青饶有兴致地看起字画来。突然，发现了一幅似曾相识的油画：一个身材修长的女子，着一身蓝白小花的连衣裙，安静地倚在门口。乌黑的长发像丝缎，柔顺地披散在肩头。一双黑葡萄般的大眼睛，出神地望着远方。嘴角微微上翘。左手里拿着一本卷页了的书。

“这不是林浩给我画的画像吗？”苏青吃惊得差点喊出声来。

苏青捂着胸口“突突”猛跳的心，俯身朝那个签名看去，果然是林浩。签名旁是这幅油画的题目：一朵安静。

3

苏青有六年没见过林浩了。

苏青和林浩是一个大院里长大的，说他们是青梅竹马一点儿也不过分。

林浩从小就喜欢苏青。大人常捉弄他："你想娶谁做媳妇呀？"林浩会毫不犹豫地答："苏青。"苏青也喜欢林浩，因为他文文静静的，从不和她吵架，有吃的总会分给她吃，有好玩的总会先让她玩。遇到有小伙伴欺负她，林浩还会帮她打架，因为长得瘦小，好几次都被对方打得鼻青脸肿。

苏青和林浩从小学开始一直到高中，都在一个班上读书。林浩是在初中时候爱上了画画的，高中时，他参加了几次全国性的比赛都获得了金奖。高中班主任总鼓励他好好画，以后就朝美术方面发展。

苏青也特别喜欢看林浩画画。每次到他家，林浩在画，她就在旁边看，有时还替他磨磨墨。林浩在画画的时候，很少说话，偶尔会停下来朝苏青笑笑。苏青也不说话，这样的静谧时光，她很喜欢。

他们约定都考北京的大学，一个是中央美院，一个是北京师范大学。高考结束，苏青如愿考上了北师大，林浩却意外落榜了，比中央美院的录取分数线仅仅少了5分。

后来，苏青去了北京读书，林浩在老家复读。

苏青大一暑假回来，却没见到林浩。他的父母告诉苏青，林浩一心想上中央美院，可是这一次又差了7分。其他院校他又不愿意去。前几天跟他叔去了广州。

苏青等了一个暑假，都没有等到林浩的任何回音。

苏青的大学生活越来越充实，越来越丰富多彩。林浩的身影在她的心里渐渐地淡远了，这时候，晓风走进了她的生活。

“突突突”，手机突然震动起来，苏青一个激灵回到了现实。是晓风的微信：“你一定在平江路了吧？哈哈，平江路也是一个容易会有艳遇的地方哦！”

苏青气呼呼地回了一个“白眼”的表情。

4

苏青住在平江路客栈。客栈依河而建，夜深人静，小河水也安静得出奇，树梢上悬挂着一轮圆月，明晃晃的。苏青睡意全无，起身推开窗，寂寂地看着月亮一点点矮了下去。

第二天，苏青又早早地来到了“停云香馆”。她久久地站立在《一朵安静》前面，思绪如潮般汹涌。

是的，苏青也有一幅《一朵安静》。那是高三毕业聚餐结束后，林浩替苏青画的。

那天，苏青对林浩说：“林浩，我在北京等你。”

林浩点点头，说：“苏青，你能答应我一个请求吗？”

“什么请求？”

“我以前一直凭着记忆画你，这次就让我当着你的面，好好地画一画你，行吗？”

那个夜晚，安静极了，只有林浩的画笔在纸上发出“沙沙”的声音。画完，林浩让苏青拟一个画题，苏青想了想说：“‘一朵安静’吧。”这也是她刚写完的一篇散文的题目。临走时，林浩把一卷捆扎在一起的画稿和《一朵安静》都给了苏青。苏青打开画卷，惊呆了，画里全是她的模样。

这些画，苏青都锁在了一个小箱子里，从不打开给人看。有几次，晓风很不满：“难道这里有你家的传家宝？这么金贵！”苏青没理他。

“是苏青吗？你真的来了！”空气中传来一个浑厚、富有磁性的男中音，好熟悉。

苏青转过头，不敢相信自己的眼睛。是林浩，依然那么瘦，但眉宇间却英气逼人。

“什么时候留胡子了？”苏青半晌才找出了一个话题。

林浩摸摸下巴，呵呵地笑了：“平时懒得理呗。”

5

他们在“停云香馆”里坐了好久好久。

“苏青，你能来我好感动。我还以为晓风不会让你来呢。”林浩望着苏青的眼睛。

苏青听了一头雾水：“什么？这和晓风有关系吗？你认识晓风？”

林浩惊讶地问：“不是晓风让你来的？他没有跟你说什么

吗？”

“本来他一起来的，临时有事走不了。这画展门票还是别人给晓风的呢。”

“是我给他的。”林浩指着那些画作说，“这是我在国内的最后一次画展。下周我就要出国定居了，不知何时才能回国。所以，出国前，我想看看你。”林浩拉起苏青的手用力握着：“我托人找到了你们的联系方式，后来跟晓风通了好几次电话，我跟他说，希望你们俩来看我的画展，我没别的意思，就想出国前看一看你。苏青，这一别或许后会无期了！”

林浩刚说完，“突突突”，苏青的手机又震动起来。晓风发来微信：“亲爱的，画展看了吗？精彩不？今夜苏州有雷暴雨，门窗关关紧，早点睡，别害怕。”

从小到大，苏青最害怕打雷了。上学时遇到雷雨天，总是和林浩肩并肩一起走的。

看着眼前的林浩，听着晓风的微信，苏青泪如泉涌。她不知道自己究竟是为了林浩流泪，还是为了晓风流泪。但她知道，这五年来，晓风像一棵大树一样深深地扎根在她的心间，而林浩就像一朵小花安静地开在她心底的某一个柔软的角落。或许，风会记得花的香。

林浩轻轻地给苏青拭去泪水：“苏青，今天能见到你，我已经很知足了，本来还幻想着要带你一起出国呢。请原谅我六年前的不辞而别，因为那时我配不上你。这六年来，每次想起你，我就画一幅你。这些画稿，我都带来了。”他转身取来一个包裹给苏青：“见你如此幸福，我再也没有遗憾了，这些就留给你作个纪念吧。走，我送你去车站，今夜这里有雷暴雨。”

等苏青坐上高铁的时候，天边堆积的乌云不知何时已烟消云散了。天空透明澄澈得像一面大镜子，稻田依然一块接着一块从苏青眼前飘过，像一朵朵绿色的云。

爱，要大声说

1

五年了，郝蕾再见到卢一行时，脑海中突然响起一阵阵此起彼伏的蝉声。那年夏天发生的事像又放电影一样一幕幕浮现在眼前。他还是高中时的那个模样，高瘦、斯文，一副书卷气。郝蕾很少见到比卢一行更绅士的男生。

卢一行站在街的拐角处冲她微笑着：走吧，一起喝杯咖啡。其实，郝蕾刚从对面的星巴克出来，和一个搞建筑设计的相亲。对方问郝蕾，你喜欢什么样的男生？谈过几次恋爱？父母在哪儿高就？郝蕾答，善解人意有责任心，没谈几次，开了个小面馆。哦，做小生意的啊。对方脖子上的金项链在灯光下闪闪发光，好几次刺得郝蕾都睁不开眼。两人默默地喝着咖啡，谈话的兴致变得淡淡的。好不容易喝完了，郝蕾像逃也似的走了出来。

郝蕾知道自己就像花园里那朵最不起眼的雏菊，或者说在一大片牡丹花后面的那朵矮牵牛，永远都不会最先受到别人的关注。

卢一行见郝蕾呆呆的，说，听说你爸妈最近新开了面馆，不如你带我去尝尝？郝蕾问，听谁说的？卢一行答，方小春。郝蕾心里闷闷的，她就知道一定是方小春，她的大嘴巴老是藏不住事儿，总是致力于把别人家的事到处宣扬。但郝蕾很快又高兴起来，因为她遇到了卢一行。

高一下半学期，卢一行从武汉转学过来，跟郝蕾成了同桌。他站在讲台上介绍自己时，郝蕾正低头在课桌抽屉里偷偷看小说，身后的方小春突然拍了她一下，说，你看，帅哥！郝蕾吓了一跳，以为班主任在提问，连忙将小说往课桌抽屉里一塞，准备站起来。没想到脚没站稳，一个踉跄跌在地上。班里同学顿时笑成了一锅粥。郝蕾尴尬地站起身，瞥见台上的卢一行默默地看着她，微笑中带着一丝关切。下课后，卢一行轻轻地问她，摔得怎么样？郝蕾第一次这么近距离地跟男生说话，脸有些发红，结结巴巴地说没事没事。后来，他们又说了一会儿话，但郝蕾都记不得了，只记得卢一行白净的面容，眼睛格外明澈。后来，方小春就拽着郝蕾和卢一行成了朋友。

方小春是这么向卢一行介绍郝蕾的：她叫郝蕾，她爸爸叫郝爸爸，很胖但是超级好人；她妈妈叫郝妈妈，也是一位中国式好妈妈。他们家住在西郊，每天骑30分钟自行车才到学校。郝蕾点点头，觉得方小春没有吹牛，说得很实在。

卢一行耐心地听着，眼里流露出一种不被人察觉的羡慕。方小春介绍完郝蕾，又将话题引到了卢一行身上，说说你吧，住哪里？爸妈是做什么的？听老师说你是从武汉转过来的呢。卢一行淡淡地笑了笑，说，住东郊，爸妈离婚了，就跟着爸爸回老家来了。郝蕾和方小春诧异地互相对望了一眼，都默不作声了。

2

他们坐在面馆的角落，郝妈妈给他们煮了两碗牛肉面。郝妈妈认得卢一行，记得他是郝蕾的同桌。有一次郝蕾的自行车在半路上坏了，是卢一行替她将自行车推到了修车师傅那修好了。郝妈妈还记得，有一次郝蕾发高烧，一连请了三天假，是卢一行每天给郝蕾送家庭作业、卷子什么的，还给郝蕾辅导过数学呢。所以，郝妈妈对卢一行的印象一直特别好，好几次在郝蕾面前表扬过他，说他是个有教养的孩子，斯文，有爱心。

郝蕾把自己碗里的牛肉夹了一半给卢一行。卢一行隔着白蒙蒙的热气冲她笑："你还是没变。"顿了顿，又说，"郝姨也没变，待人还是那么和蔼可亲。"

郝蕾脑海中又响起了清亮的蝉声。那是个炎热的午后，郝蕾骑着车往学校赶，不料刚走到半路，自行车后胎突然没气了。郝蕾看看四周没有补胎的，急得在路边直打转。高高的梧桐树上，知了在一声声地叫着夏天。郝蕾几次恳求路过的人替她想想办法，不是招来了白眼，就是冷漠地一走了之。

正当郝蕾欲哭无泪的时候，卢一行骑着自行车从对面过来了，他连忙下车，给郝蕾检查车子情况，发现车胎扎了一个钉子，需要修补。于是，他安慰郝蕾说，别着急，你先骑着我的车去学校，我替你找个修车师傅去。还没等郝蕾开口说话，他就推着郝蕾的自行车走了。那天，卢一行因为迟到，被班主任严厉地批评了一次，而郝蕾却没有勇气向班主任说明事情的真相。

第二天，郝蕾偷偷地将一袋巧克力塞进了卢一行的书包，那是郝蕾从爸妈的小店里拿的。卢一行发现了，他将巧克力又重新还给了郝蕾，还开玩笑地说，巧克力更适合女孩子吃呢。若男孩送女孩巧克力，就说明他喜欢她。虽是玩笑话，郝蕾却听得害羞极了，心里像有头小鹿似的蹦个不停。

郝妈妈又给卢一行添了半碗面条，亲热地问："好久没见你了，现在在哪里工作呀？女朋友谈了吗？"

卢一行不好意思地笑了，说："郝姨，我就在对面二院实习，B超室里。女朋友嘛，还没谈。"

"哎呀，B超医生呀，那职业很吃香的，不错不错。"郝妈妈连声夸赞卢一行。郝蕾朝她妈妈眨了眨眼，暗示妈妈别八卦了，可郝妈妈没发现，依然在说，"啥时让郝蕾来查查，她一直喊肚子疼。"

"好的，好的。要不，现在就去？"卢一行转过头来问郝蕾。

郝蕾白了郝妈妈一眼，说："现在不疼了，你别瞎说八说了。"

郝妈妈撇了撇嘴说："这傻孩子。"

卢一行端起碗，一口将剩下的面汤喝得干干净净，满足地拉起郝蕾的手说："走，去我们医院检查检查。"郝蕾只好跟着他来到医院。

卢一行让郝蕾躺下，撩起衣服。郝蕾多尴尬呀，若换作平时，去医院做B超那是再寻常不过的事了，可今天是卢一行给她做，让她怎么好意思呢。郝蕾窘得汗都出来了，卢一行笑了，说："你看你，又想多了吧？你就把我当做普通的医生，当做一次常规检查呀。"郝蕾又犹豫了好一会儿，终于撩起衣服，配合着卢一行做完了B超检查。

郝蕾经常闹肚子疼的原因很快就查出来了，胆囊里有结石，要做个手术，安排在下周。郝蕾吓得眼泪一直在眼眶里打转，从小到大她到医院的次数和被表白的概率一样——少得可怜。卢一行拍拍她的肩膀，说，别怕，手术那天我会陪着你的。

3

郝蕾喜欢卢一行很久了，确切地说是从卢一行转学过来的那一天开始，一直非常喜欢。高二那年，这事被方小春发现了，她大呼小叫地跟郝蕾说，别傻了，喜欢卢一行的人一长串呢，就你？省省心吧！方小春鼓着那张大嘴巴，就差没按上一个喇叭了。郝蕾不怪方小春，几乎所有人都觉得郝蕾很傻，因为那些每天求着郝蕾帮忙把情书转给卢一行的人，一个个都漂亮又聪明，卢一行又把谁放在眼里过？

有几次，为了情书的事儿，卢一行还跟郝蕾吵了一架。卢一行说，你别跟着人家无聊好不好，把心思多放在学习上一点。郝蕾哪能受得了这委屈，一把将一封情书撕得粉碎。那封情书的主人知道了，十分不甘心，就在背地里说郝蕾的坏话，说她暗恋卢一行不成就恼羞成怒，撕了情书。那一阵，班上的女生都对郝蕾指指点点的。不知卢一行是否知道，反正他没有站出来为郝蕾说一句话，所以在这件事上，郝蕾一直是耿耿于怀的。

很久很久以后，卢一行对她说，那天的你站在人群里，就像一棵狂风里的小白杨，很悲壮。

后来，他们一起升上了高三。紧张的学习一下子将那种朦朦胧胧的情愫冲得很淡很淡，每天都有做不完的题，哪有时间去聊爱情的话题？自主招生结果出来了，卢一行被保送到医科大学；郝蕾却成天被老师喊去谈话：你啊，不好好努力真的连三本都考不上！天晓得你的脑袋里想的都是啥！

郝蕾低头走出去，在楼道内遇见卢一行。他说，走，我陪你去复习！自习教室里只剩下他们俩，窗外的小鸟有一声没一声地叫着。教室里很安静，只有翻书的声音和卢一行讲解的声音，他的声音很富有磁性，有好几次，郝蕾都分了神。但郝蕾开始告诫自己，这只是友情。

高考成绩揭晓，郝蕾考上了师范大学，郝爸和郝妈高兴得不得了，逢人就夸自家的女儿真争气。拿到成绩单的那一刻，郝蕾觉得很解气，她真想把成绩单递到那个成天训人的班主任面前，让她好好看看。不过兴奋之余，有点失落，她想到了在另外一个城市读医的卢一行，以后还会见到他吗？

4

郝蕾躺在病床上，整个人头昏脑涨的。旁边的小护士们一边为她消毒做记录，一边闲聊，听说了吗？卢一行要订婚了。郝蕾挣扎了一下，哭着问护士，能打止痛针吗？我要疼死了！

郝蕾在医院里住了一周，期间卢一行只要有空就往她的病房跑。出院前一天，郝蕾假装不经意地问，听说你要订婚了？卢一行笑着点头说，到时候会邀请你们这帮老同学的。郝蕾强忍住眼中的泪水，朝卢一行竖起了大拇指，心中却隐隐觉得有些疼。

出院那天，卢一行特地请了假送她回家。郝蕾家已经不住西郊了，换了新房。从那以后，郝蕾总能在面馆里碰见卢一行，他吃完面，也会帮忙招呼下客人。有时候光明正大地闪进厨房，也不知和郝妈郝爸聊什么，聊得两个老人眉飞色舞的。

郝蕾长这么大，第一次有点可怜自己。长相一般，小学老师，家世背景也很一般。人一旦没有了闪光点就会变得自卑，自卑的人最后都会选择放弃他们的爱情。

其实，大学毕业后卢一行就回来读研，跟着导师扎根在医院实习。直到有一天他听说方小春给郝蕾安排了相亲，对方是一个搞建筑设计的，特能挣钱。卢一行急了，午休时间一到，就往他们相亲的咖啡店赶过去，于是他们相遇了。

郝蕾还是和从前一样，柔软的短发，看着很倔强的嘴，以及一笑起来傻乎乎的表情。

郝蕾出院那天，卢一行送她回家。她的家不大，满当当的，全是岁月积累下来的生活的点点滴滴。在郝蕾房间的书架上，依然放着高中时的那些课本，其中有一本蓝色封皮的笔记本，卢一行一眼就认出来了，那是郝蕾生病请假那会，他给郝蕾记的课堂笔记。卢一行明白了，这世上总有些女孩是口是心非的，再倔强的女孩也会有懦弱的那一刻的。

卢一行忙碌起来，又要找订婚场地，又要贿赂未来的岳父岳母做好保密工作，还拜托方小春帮忙挑婚纱，选戒指。医院的同事都说卢一行最近很活泼，走路都像在天上飘。卢一行咧开嘴笑，因为我要订婚啦。同事们翻白眼，你总骗人，谁还信你这一套！他也不解释，这些年他变得越来越像郝蕾了，从不需要解释些什么。

郝蕾从没说过她的父亲是见义勇为的英雄，尽管那时电视报纸上都报道过她爸奋不顾身救落水者的故事。沉默的人，总有一天会得到上帝眷顾的。

订婚的前一天是教师节，正好是星期天，卢一行知道郝蕾一定在面馆帮忙，于是让花店给郝蕾送去了一大束玫瑰花，卡片上写着祝她节日快乐！郝蕾感动得流下了眼泪。但她一想到卢一行就要订婚了，悲伤的泪水又涌了出来，一切都太晚了。她失落地将玫瑰花丢进了垃圾桶。

卢一行也在面馆，他看到这一切，很想冲过去抱抱她，但还是忍住了，他悄悄地离开了面馆。卢一行只等明天快点到来，因为他不想再让自己喜欢的女孩懦弱下去，他要她大声地说出自己心中的爱。

嗨，好久不见

1

“嗨，盛小米！”我正低着头走在大街上，忽然听到有人在后面喊我。

转过头一看，藏青色棒球帽，白T恤，蓝色牛仔裤，白色跑鞋，一脸的灿烂，站在阳光里，清新得像一棵碧绿的树。我脱口而出：“王大牛！”

“好久不见！”

“嗯，好久不见！”

其实，王大牛不是他的真名，他的真名是王大治，当年是我们学校篮球队的扣篮王，厉害得很，故大家都喊他王大牛。

我们的相识有诸多巧合。大一的时候，跟着一帮子长我们一届或两届的老乡参加活动，碰巧坐在了他旁边。别看他人高马大的，可与女孩说起话来会脸红，会结巴。虽然我也有些轻微的社交障碍，但那天却能鼓起勇气跟他说话。这是一个联谊会，有个环节要选几对男女抽纸条，抽到相同数字的男生和女生要一起完成一个游戏。犹豫之时，他鼓励我，抽吧抽吧，我也抽一张。我俩一前一后抽了纸条，展开一看，竟然抽到了同一个号码23！他的眼睛里闪着光芒，在灯光下亮闪闪的，跟刚才害羞的他简直判若两人。

游戏很简单，一个做动作，另一个根据对方的动作猜成语。我跟他简单商量了下，决定让他做动作，我来猜。结果，一共五组成语，我全猜对了。大家都夸我们配合最默契。

那次之后，我们很长时间没有见面。圣诞节那天，我写了好几张贺卡，觉得有必要送他一张，于是托老乡转交。他礼尚往来，回了一张。后来就熟悉起来，我的第一个QQ号还是他帮我申请的。我们班组织到长江边野炊的时候，我也叫上了他。那时，正是人间四月天，长江边的风景美如画，我们拍了好多照片。

为了第二天看日出，我们当天夜里住在了长江边。那是一个大大的山洞，坐在山洞里能清晰地听到江水拍击岸边的声音。到了夜里，气温骤然下降，我感觉好冷，又没有带厚衣服，坐在那里直哆嗦。他见了，不声不响地将他的军用棉大衣给了我。那一夜，我感到着实温暖。第二天，我们如愿看到了日出，个个兴奋得不得了。这个细节，直到现在我还会屡屡想起，特别暖心。

这开头略微有些暧昧，日子一久却变成了明朗的友情。或许因为觉得只有友情才能长久，才能理直气壮，又或许觉得这样已经很好，再多说些什么反而会破坏美好的氛围。

他失恋时跟我倾诉过，我也动用一切知识储备笨拙地开导他，其实我什么都不懂，根本不晓得如何安慰人。后来，时间一过，他竟然也好了。毕业后，他去了另一个城市，找了个当地的姑娘结婚，我们就再也没见过面。我的闺蜜直到现在还笑我，两个木瓜碰到了一起，自然擦不出什么火花来，可惜呀可惜。我仔细想想，没说错，当时我们真的不懂爱呢。

2

“走，我们喝一杯去！”王大治热情地说。

“好的。”我顺从地点了点头。

我们走进街角处的一个咖啡店。店铺小巧秀气，廊檐下有砖红色遮阳伞，伞下是几张洋气的铁艺桌椅。这格调，令人不由得联想起十里洋场的旧上海民国风情。

进得店内，幽静雅致，别有洞天。光洁的木质地板，随处可见雕花门窗，布帘竹卷，书画盆景以及各种精美的手工艺品。不过，店里最多的还是书，墙壁上、楼梯口、转角处、窗台上、桌上，触手可及。

店铺空间不大，却丝毫不觉得逼仄拥挤。一张张桌子不规则地摆放着，靠窗的，倚墙的，面对面的，井然有序。每张桌上都有一个小书架，一盏小烛灯。最为别致的是小烛灯，一盏有一盏的形状，一盏有一盏的颜色。

选一个角落坐下，点了两杯卡布奇诺，一份慕斯蛋糕，低沉舒缓的音乐在耳边似水流淌。我看着他的眼眸，依然闪烁着亮亮的光。

他说："大学毕业后，很多东西都丢弃了，唯有友情一直在。"我点点头。

他又说："最近，我又读书了，在职读硕士。你说奇怪不，上学那会儿吧挺讨厌读书的，可现在却总觉得自己浅薄，要多充电才行。"他说得那么轻描淡写，好似一件很小的事情。

"那是因为你上进呗。"我回想起他当年的样子，看着现在的他说话的表情，庆幸他还是那个积极向上的少年，庆幸我们依然能够从容地坐在一起，依然能够彼此欣赏。

"还记得我给你写过的那张卡片吗？"王大治说。

"前几天回老家，我把放在床底下的学生时代的旧物翻出来整理了一下，你的那张卡片还保存得好好的呢。"我说。王大治不好意思地笑了。

其实卡片上的话倒也普通，无非是祝福和新年快乐之类的，称得上矫情的大约就是他在卡片边上竖着写了一句："也许一生只有一次，但我相信它会成为永恒的记忆。"如若现在再大声地念一次，或许会觉得一身鸡皮疙瘩，似乎有些忸怩作态，有些暧昧。但这的确是我们在大学里"永恒的记忆"。我们大学里的青春，有了这些才不会显得贫乏，反而有了别样的生机。那些课程、分数，过了这么多年我都不记得了，印象最深的几个画面里就有与他的相识。那时，我们都呈现了自己光明与美好的一面，带着天真的笨拙。

“我快要当爸爸了。”王大治露出了一口洁白的牙齿。

“恭喜恭喜，我这个干妈当定了。”我调皮地说。

“好，好。说说你呗。”王大治看着我的眼睛说。

“我毕业后在一所中学教书，一边教书一边爱上了写作，现在已从学校跳了出来，成了一个自由职业者。”

“职业作家？厉害厉害！”王大治竖起了大拇指。

“哪敢称作家，充其量只是一个写手。”

“别谦虚，我最敬佩写字的人了。”

“呵呵。”

“成家了吗？”

“嗯，去年结婚的，我爱人是公务员。”

“不错，不错。”王大治连声夸赞，脸上露出了欣慰的表情。

我们像一对好久未见的兄妹，在室温23摄氏度的空间里，聊着那些青春的过往，聊着我们的现在和未来。

续了两次咖啡，喝完了，我们起身道别，互留了微信号。看着他渐渐远去的背影，我笑了。回首往事，相逢一笑，只有那些花儿暗自芬芳。

3

有了微信，我和王大治之间的联系多了一些，但也仅仅互相关注朋友圈中所发的信息，很少聊天。比如，我在朋友圈里发一些自己发表的文字，晒一些出去游玩的照片，王大治就会在下面点赞或者简单地点评一两句。反过来，我也会去他的朋友圈点赞或者点评。玩微信，说穿了也无非是在虚拟世界里刷下存在感而已，生活中互不联系倒也就成了习惯。

有一天，王大治在朋友圈发了一条微信："我当上爸爸啦！"下面是一张刚刚出生的婴儿照片，粉嘟嘟的脸，圆圆的，一看就跟王大治很像。

我第一时间送上了祝福，并留言说："记得请我喝干儿子的百日酒哈！"

但没有得到王大治的再次回复。而且奇怪的是，发了这条消息后，王大治一连几个星期都没声儿。我有些纳闷，便给他留了一条信息："怎么，奶爸忙坏了？"

依旧没有王大治的回音。我越发纳闷，这不像他的性格，若他看到，一定会回我个信息的。

由于手头事情多，我上微信的时间也少了。一天中午，我打开微信，一条语音跳了出来，是王大治的："谢谢你的关心！是好久没上微信了。我的儿子，我的儿子没了……"王大治呜咽起来，没有再说下去。

我吃了一惊，赶忙拨通了他的电话。他像个受伤的大男孩，在电话那头失声痛哭。原来，他儿子刚生下半个月便查出得了先天性巨结肠，医生说这个病是没法治的。可怜的孩子，来到人世间还不满一个月便离开了父母。王大治一家老小都陷入了无比的悲痛之中。

我匆匆赶到了王大治生活的城市。当我看到他的时候，真的不敢相信自己的眼睛。那是一个怎样的王大治啊，仿佛一夜之间苍老了几十岁，头发乱蓬蓬的，眼睛深深地陷在了眼窝里，无神而又绝望，令人看了十分痛心。我原本想好了一肚子的话要劝他，可真正要开口的时候，却一句话也说不出来。

孩子没了，这已经是一个致命的打击了，可生活跟王大治开的玩笑远远不止这些，王大治的爱人由于伤心过度得了产后抑郁症，住进了精神病医院。这无疑又是雪上加霜啊！

王大治几乎也要疯了！

我考虑再三，决定先留下来，帮助王大治一起渡过难关。我给我的爱人打了一个长长的电话，跟他讲了王大治的情况。爱人是个通情达理的人，同意了我的想法，并说有什么需要他帮忙的，他也可以出力。爱人的话令我感到十分欣慰。

我坦然地留了下来，像年轻那会儿动用一切知识储备劝王大治失恋时那样，竭尽全力地去开导他，让他走出痛失儿子的阴影、面对精神不正常的妻子。我还帮他一起照料他的妻子。我真心希望阳光帅气的王大治能挺过来，重新拾取生活的勇气和信心。

双休日，我的爱人也过来一起帮忙，这让王大治感动无比。他握着我爱人的手说：“有你们这样重情重义的朋友真好，我一定要坚强地活下去。”听到王大治这么说，我终于长长地吁了一口气。

当年的王大治又回来了。

王大治爱人的病情也渐渐有了好转，目前已回到家中继续治疗。

我在微信上给王大治留言：“嗨，好久不见！一切都还好吗？”

王大治很快发来了回复：“一切都在好转中，谢谢有你们！”

读到他的信息，我正在公园里赏荷。看着满池盛开的荷花，我突然想起了一句诗，一句曾在我最失意的时候给了我勇气的诗：我已亭亭，无忧亦无惧。

爱至深沉，百转千回

1

那年春天，校园里的桃花开得格外红艳。上完夜自修，情侣们常常手牵着手在花下流连。

我也偷偷喜欢上了那个爱写诗的阳光男孩。他的教室就在我的隔壁。每次路过那个窗口，我都不敢正眼往里看，顶多用余光悄悄地往里瞄一眼。多么希望看到那张微笑的脸。

一个偶然的机会，我和他真的相遇并相恋了。后来，我总是喜欢歪着头问他：你最爱我什么？

每一次，他都会轻轻地刮着我的鼻子，笑着说："被你那双大眼睛勾了魂啦！"

我就会大笑："原来，你这么好色呀！傻瓜。"

"对，我就是你的傻瓜。"他一脸灿烂。年轻的爱，就是这样的活泼、明媚，一如那蓬勃的春光。

那时，我们都从师范专科学校毕业，他在一所城区中学任教，我则分在了一所乡镇中学。因为他原本就是城镇户口，而我是从农村里走出来的。然而，对于热恋中的人来说，距离从来都不是问题。

我被他逗乐了，故意一脸认真地说："郑重告诉你，本女美在其次，最主要的是人家都夸我聪明，16岁就发表诗歌了，要不是当初迷恋写作，我肯定能考上名牌大学的。"

他一把抱住我，刮刮我的鼻子说："害臊不？王婆卖瓜自卖自夸！哈哈！"

2

我们的爱情就在这些温暖的小细节里生长着。但是，柔情蜜意的恋爱，很快转换成了云淡风轻的围城生活。他又考取了硕士研究生，开始了在职学习的忙碌生活。

在他去外省大学读书的那些日子里，我将大堆的思念和挥不去的寂寞，都写成了缠绵的诗句。用手机发给他，或者与他网上视频时，声情并茂地读给他听。

他逗我，故作感动涕零的样子说："我真幸福啊，古人有红袖添香，我也有。若不好好读书，真对不起我的爱人呀！"

我深情款款地说："你可千万不要做现代的陈世美啊！离开了本姑娘，你可是要后悔的。"

他就笑了："傻丫头，放心吧，我这辈子就是你的牛皮糖，粘上你了，你想甩也甩不掉的。"

柔情缱绻的日子，白驹过隙般飞快地溜走了。转眼间，他研究生毕业当上了大学讲师，我们的女儿也读小学二年级了，我的第一本诗集也出版了。在别人眼里，我们是一个多么令人羡慕的幸福成功的小家庭。

但是，让大家感到遗憾的是，我们的感情似乎有了难以察觉的裂痕。我发现他激情不再，整日沉迷于那些古文献里，整个人都变得有些呆傻了。让他陪我逛街，他十二分的不情愿，好容易答应陪我出去一次，结果走到半道，他一头扎进哪个书店就不出来了。跟他聊文学，他总是漫不经心，好像我还是那个没长大的小姑娘。然而，他对学生的关心可谓无微不至。例如，帮困难的学生找勤工俭学的路子；为了帮他带的研究生找工作，他自己花钱求人；而我让他帮侄女在学校超市找一份营业员的工作，他却借口说不上话，一直拖着不办。

他还习惯地刮我的鼻子，喊我“傻姑娘”，有时当着女儿的面，他也会批评我乱买东西，乱花钱，是一个不懂得勤俭过日子的傻姑娘。有天，我买了一件很流行的时装，穿给他看，他只瞟了那么一眼，便应付似的说“很好”，转身又忙他的古文字去了。

曾经那么浪漫的他，怎么变得如此不解风情，甚至有些呆板呢？我无法忍受了，跟好友倾诉。好友说我是身在福中不知福，像他这样淳朴实在的好男人，如今已经很难遇见了。

我却摇头，因为我更怀念恋爱和刚结婚时的那段美好时光，举案齐眉，你侬我侬，才是我渴望的理想爱情。而现在，我们的爱情，像一杯平淡无奇的白开水，什么味道都没有。

离婚，这个念头在我脑海里一闪，我便有丝丝的心痛。毕竟，我是那么的爱他，他也是爱我的，只不过他好像没了往日的热情，他把更多的心思，都投在了他热爱的事业上。而我，希望自己的爱情，永远那么新鲜、活泼，一如我们美好的初相识。

几经踌躇，我决定一个人到外面走走。如果这次远行回来，还是无法释怀，我就选择与他分手。

他似乎洞悉了我的心思，在我打点行囊时，提醒我带上一把手电，带上一瓶风油精。

出门时，他站在阳台上，向我挥手："安心地好好地玩，我会照顾好女儿的。"

眼泪不争气地滚落下来，我心情复杂地踏上了南下的列车。

3

丽江古城，书画一样地呈现面前，我恍若一下子进入了一个肃穆、静美的世界。沿着那些印痕苍苍的石阶，我缓缓地前行，那古朴的青瓦屋，那别致的石桥，那不知流了多少个世纪的小溪，似乎都在向我讲述时光荏苒的故事。

转过一条窄街，我走进了一条幽深的胡同。

忽然，我的目光被前面那株古银杏树牵引过去：树下的竹椅上，斜躺着一位满头白发的老婆婆，正微眯着眼睛很享受的样子。她身旁有位老翁正慢条斯理地在给她梳头。同样是一头白发的老翁，满脸慈爱，那把木梳握在他的手里，显得那么柔情似水，那么富有诗情画意。透过树叶的阳光斑驳地洒落在他们身上。眼前的一切，多像一幅生动的简笔画啊！

我默然站立着，生怕自己惊扰了他们的恩爱。而他们，似乎根本没有看到我，依旧在流水般自然地做着自己的事情。甚至在我不由自主地举起相机时，也没有停下来。

我好奇地打探两位老人的情况，有人告诉我：那位老婆婆八十二了，她半身不遂已经五十多年了；那位老翁八十五了，他的声带坏了，不能说话也二十多年了。她年轻的时候，是十里八乡最漂亮的姑娘，却嫁给了最穷的他。很多人都说她是一个傻丫头，他也说。她却一直骄傲地说自己是最聪明的，因为没有谁能像他那样，每天都为她梳头，从乌黑的秀发，梳到白发苍苍。在他的眼睛里，她永远是他如花的美眷，无论怎样沧海桑田……

世间最真的爱，不过就是如此简单、如此人间烟火吧？

我的心陡然一颤，又想起了他叫我傻姑娘时，那语气里满含的娇宠和得意；想起自己每次耍小性子时，他总是说“我不跟你这个傻姑娘计较了”，便用沉默熄灭了没点燃的争吵；想起他每次批评我乱花钱时，总会加上一句“也许我不该这么惯着你”，结果又一次滋长了我继续“恶习不改”……

那么多的美景在前面招摇着，我却再也无心游览了，第一时间在网上订了回程的机票，迫不及待地飞回家中。

“傻姑娘，你怎么这么快就回来了？”他正在埋头洗碗。

“我怕你这样的傻瓜，被别的女人拐跑了。”我紧紧地抱住他，泪水情不自禁地淌了下来。

“傻姑娘，我不是说过，这辈子就死心塌地照顾你这一个傻姑娘吗？”他拭去我眼角的泪水。

“我真是一个十足的傻姑娘啊！”我为自己那些糊涂的想法羞愧，幸好没有冲动地放开手里的幸福。

“其实，我也是一个傻瓜，你走后的这些日子里，我也在反思自己，觉得心里对你很爱，在行动上却做得还不够，以后还得努力。”他怜爱地抚摸着我的秀发说。

“知道了就好，我要一辈子都做你疼爱有加的傻姑娘。”我破涕为笑。

正是那次丽江之行，让我幡然醒悟：他一直宠我爱我，像一位敦厚的兄长，也像一位慈爱的父亲，即使是在最忙碌的日子里，他也始终在意他的这个“傻姑娘”。那一声声“傻姑娘”的轻唤里，已融进了最深、最浓的爱意，就像那株苍老的银杏树下那平淡而华美的爱情……

幸福的台阶

1

那年遇见他，她刚刚25岁，鲜活水嫩的青春衬着，宛如一朵绽放在水中的白莲花，怎么看怎么美。她也是标准意义上的小女人，喜静，能写得一手好文章。唯一的不足是刚结婚的时候，对于持家，她有点措手不及。大概学校里的生活过于幸福，把她小时候学会的操持家务的能力淹没了，反而沦落到做什么都做不像的地步了。但他仍旧宠着她，戏说权当自己捡了个女儿养着，而她心安理得地接受着他的庇护。

他出身书香门第，外表俊朗，人群中，自是显得卓尔不群。那种与生俱来的独特气质，满足了她对白马王子的所有想象。故相亲的时候，她第一眼便喜欢上了他。

两情相悦，日子如同蜜里调油，恨不得每时每刻都黏在一起。骄阳似火的夏天，他穿过两条大街，五个红绿灯，大汗淋漓地买回来一个“可爱多”香草冰激凌，只因她突然好想吃；寒冷的冬天里，他去“小杨生煎”店前排长长的队，脸冻得发紫，只为买到她最爱吃的鲜肉虾仁生煎包……即便她后来当了妈妈，他给她的那些宠爱依然没变，甚至有增无减。

他们下班通常是一起去菜市场买菜，回家后他负责掌勺，她负责清洗。然后，看电视，他总让她选台，有时她看得直乐，他却在一旁睡着了。她笑他，让他挑一个喜欢的节目看，他说随她。他们偶尔会去吃一次浪漫的西餐或去喝一次奢侈的咖啡，他也是让她挑西餐厅或咖啡屋。

刚开始，她很高兴，也很满足，渐渐地觉得有什么不对劲。终于，在一次决定晚餐吃什么时，她执意让他拿主意：“你自己就没有想吃的东西，想做的事，想去的地方吗？你对和我一起生活真的没有一点兴趣吗？”

他低下头，半天才说：“我爱你，可我不能送你跑车，连出去旅游，我都得让你一等再等；我怕实现不了，那些是你的、也是我的梦想。在我的心里，你是该得到这世界上最好的一切的女人，所以，我愿意满足你在生活中的一个又一个小小的心愿。我愿意满足我能做得到的你所有的愿望，就像今天晚上一样。你想吃什么？”

她看着他，泪就下来了。

这世间，有卑微的男女，却没有卑微的爱情。

就像他没有大房子，她也心甘情愿地嫁了他。然而孩子一出生，房子真的嫌小了，两人咬咬牙，用按揭贷款购了一套一百多平方米的新房。看着那张每月都被银行扣掉一笔钱的工资卡，看着那几个剩下的可怜巴巴的数字，她总会忧心忡忡，闷闷不乐。他就千方百计地逗她开心，说："不着急，有我呢。"有了这句话，她的心安定多了。

2

有了孩子的日子就像涨了潮的海水，将原先的浪漫悠闲全都席卷一空。各自繁忙的工作，没完没了的家务，孩子的吃喝拉撒，数不尽的琐事，一浪接着一浪汹涌而来，让人措手不及。渐渐地便有了矛盾和争吵，有了哭闹和纠缠。

第一次吵架，她任性地摔门而去，走到外面才发现无处可去。只好走到家附近的儿童公园，但又不敢沿着河边走，怕他一时找不到着急，便在凉亭里坐了下来。果然，不一会儿，他慌慌张张地跑来，一眼便望见了她。他一把拉住她的手，心疼地说，以后再吵架，记住也不要走远，就坐在这里，等我来找你。她扑哧一笑，刚才的怨气瞬间全消了。

第二次吵架是在过年，为上谁父母家过年而争执。他说上他父母家，她说上她父母家，争着争着她就恼了，又夺门而走。这一次，她没有去公园，而是很快地躲进了楼下自家的汽车里。她透过车窗观察他的动静。只见他快步走出了小区，但不一会儿又折了回来，原以为，他还会出来寻找，却没有。她又气又恨，怀着一腔怒火回家，推开门，发现他竟然在烧菜。

事后，她问他为何不出来找她。他说，反正你在公园待着，散散心也好。再说，你没有带家里的钥匙，万一你先回来就进不了门了。还有怕你回来饿，就先做了饭……听他唠唠叨叨说了大半天，她已经完全恨不起来了。

所有的婚姻都是围城。这样的吵闹依然不断地发生，终于有了最凶的一次。他打牌一夜未归，孩子又发了高烧，给他打电话，关机。她一个人带着孩子去了医院，诊断、拿药、输液，忙了整整一宿。第二天早上他一进门，她窝了一肚子的火噼里啪啦地就爆发了……

3

这一次是他离开了。他说吵来吵去，感到累了。他收拾了东西，搬到单位的宿舍里去住。留下她一个人，面对着冰冷而狼藉的家，心凉如水。想到以前每次吵架都是他百般劝慰，主动下台阶跟她求和，现在，他终于厌倦了，爱情走到了尽头，他再也不肯努力去找台阶了。

那天晚上，她辗转难眠，无聊中打开相册，第一页就是他们的结婚照。她的头亲密地靠在他的肩上，两张笑脸像花一样绽放着。她拿着那张照片，一幕幕往事清晰如画。她想起自己常常向他抱怨工作上的辛苦和委屈，可他从不厌烦，每次都会静下心来一条条帮她分析事情的原因，直到和她一起找到解决问题的方法才罢休；她撒娇想要放弃已经积累多年的素材不想创作时，他耐心地鼓励她坚持自己的梦想，总有一天，会将不可能变为现实的。她忽然明白，真正爱你的男人，不仅在于他肯为你花钱，还在于肯教会你怎么赚钱，教会你如何在人生道路上寻求到真正的自我。婚姻是两个人的，总是他一个人在退让，距离当然越来越远，心也会越来越远。

她终于拨了他的电话，只响了一声他便接了。原来，他一直都在等她。记得有人说过这样一句话：幸福有时候只需要一个台阶，无论是他下来，还是你上去，只要两个人的心在同一个高度和谐地振动，那就是幸福。

最好的爱人，不会让你在爱情里越变越小，也不会让你依附着他等有一天他不堪重负而放开你的手。她说，她要努力学习怎样做一个合格的家庭主妇，学习上菜场讨价还价，学习做饭烧菜……让一日三餐，活色生香。平平淡淡才是真。有了这样一个温暖的家，哪怕外面的风雨再大，她也不怕。

因为爱情

还记得那个夏天，她站在学校大会堂的主席台前做自我介绍。对着话筒，她声情并茂地说出了第一句话：我是为了爱情来到这个小城的。顷刻间，台下一片唏嘘。几个爱八卦的人千方百计地在第一时间拿到了小道消息，说那个幸福的男人是我们小城本地人，搞建筑设计的，而她是地地道道的苏州人。

她的确长得很水灵，宛如刚出浴的青莲一朵。齐耳短发，白净的瓜子脸，大眼睛，声音又甜又糯，一个标准的江南女子。再加上来校第一天就出了这样一个大风头，自然成了众人眼中的女神了。

当然，女神也没有辜负大家的喜欢。很快的，她的倩影出现在学校的各项活动中，朗诵、钢琴弹唱、基本功比赛……还代表学校参加了省级教师基本功大赛，捧回了二等奖。原来，她是一个饱受文字滋养的女子，在原来的学校就是教师队伍中的翘楚。

她的粉丝越来越多，有同事，有学生，还有学生家长。有些小年轻老师甚至开始模仿她的穿着打扮，她似乎很喜欢穿棉麻衣服，而且是宽松加长版，原本高挑纤瘦的身材令衣服显得更宽大，走起路来有种飘飘欲仙的感觉。她的朗诵的确好，随手给她一段话，不要练习，不用准备，便能读得抑扬顿挫，感人肺腑。跟她学朗诵的小朋友也越来越多，有些小朋友甚至因为人多没有报上名而落泪不止。

这一年，我们学校因为她的到来，竟然获得了好几个市级奖励，比如，教师基本功一等奖、儿童集体诗朗诵一等奖、教师演讲比赛一等奖等，要知道这些奖项，我们学校以前都是望尘莫及的。

然而，第二年，我们却听到了一个骇人的消息——她离婚了。一石激起千层浪，关于她离婚的原因，众说纷纭，有的说是她男人有了新欢，有的说是她变了心。不管是哪一种，都辜负了她曾说过的那句话：为了爱情，来到了这个小城。爱情的小船说翻就翻，这让原本非常相信爱情的人有些失望，有些伤感。因为，他们一定深深爱过，也被深深爱过；两个有情人，也一定曾描绘过无数迷人的憧憬。只是无论如何也没想到，那一场刻骨铭心的爱情，会戛然而止，就像一朵花被一场突如其来的骤雨无情地吹落。

女神就是女神，丢了爱情的她，依然怀揣阳光，一路寻觅，却再也没有遇见真正懂得自己的人。于是，她退至都市清幽的一角，用自信而敏感的双指，敲出更多细腻的文字，一行行，都浸润着浓浓爱意。

忽然有一天，同事们发现她的身边多了一个人，一个不算英俊但绝对风流倜傥的男人。因为这个男人很有才气，在我们小城是有些名气的。大家都觉得他们俩很般配，属于才子配佳人，虽然大家都没见过她的前夫。

她又像一个被爱情热烈召唤的行者，开始了浪漫而冒险的爱之旅。于是，小小的一个校园，仿佛花开的四月，不时绽放出她和那才子的幸福传说之花。最令人津津乐道的是，小城电视台一档《诵读经典》的节目中，她是得分遥遥领先的选手，而那才子则是特邀评委。当点评到她的时候，才子不令人察觉地向她投来深情的一瞥，言简意赅地说，你的朗诵令我看到了一片美丽的风景，而你是风景中的主角。话音刚落，全场响起一阵雷鸣般的掌声，不知是赞扬她朗诵得好，还是赞扬他点评得好，总之，她和他都笑得那么灿烂，那么会心，那么幸福。

其实，那天她朗诵的散文是自己写的，文章内容与第一次遇见他有关。

那是个细雨蒙蒙的春日，沿着小城公园林荫幽幽的石子路，她有些迷醉地欣赏着路边随处可见的迎春花、桃花，仿佛每一朵都能笑出声来，又仿佛每一朵花蕊里都藏着不为人知的小故事。蓦然，时光似乎被凝固了，凝固在街边的一个花坛边，那个怀抱吉他、目光深邃的男子，正坐在花坛边极为专注地演奏一支特别优美的曲子，她一下子就听出来了，那正是她特别喜欢的经典老歌《偏偏喜欢你》。

一曲终了，她轻轻鼓掌，走上前去。他将吉他递给她，她有些生涩地弹了一段《遇见》，那还是大学里练过的曲子。他友善地冲她竖起大拇指。随即，两人畅快地攀谈起来。

茫茫人海之中，该藏着多少有情人啊。短短几分钟，她和他就像一对熟稔的老朋友，进入了曼妙无比的旋律之中。那就是真心地喜欢吧？从相互凝视的眼神里，彼此瞬间便已跨越了万水千山：哦，原来你在这里！无数的惊喜，都在这一刻绚丽地绽放。找不到合适的文字，能够准确地描绘出她彼时的欢畅与悸动。

也就在那个春日，她送给他自己刚出版的新书；他赠她一丸团扇，上面有他亲手书写的隶书小字。

从那天开始，她和他走到了一起，一起参加读书联谊会，一起看书画展，一起听音乐会。那个秋天，她买了一把吉他，学着他的样子磕磕绊绊地重新拾起大学里学过的曲子。

因为懂得，所以彼此相亲相伴。他陪她游览了凤凰古镇、安徽宏村，凡是有山有水的地方，她都喜欢；她陪他走了丽江、桂林，凡是当地独特的风味小吃，他都愿意一一尝遍。像一对恩爱有加的情侣，他们将幸福留在了徐徐行走的光阴里。

可是，爱情里的昙花一现从来都不是什么假话，她和他的爱情之花开了不到两年便凋谢了。她自然又成了大家课余之后热聊的焦点。

此后，他继续演奏他的音乐，她继续赶路，偶尔两人还会在同一个活动中碰面。两人无法相濡以沫，却可以相“望”江湖。

她在一篇爱情故事里曾写道：喜欢你，可以在半步之外。笑着你的笑，忧着你的忧，忘记了红颜弹指老，只以为世间有永远葱茏的春天，始终陪伴着你我；爱上你，也不必一定要牵手一生。有时，完全可以临水照花，隔着那美丽的距离，感受着你的深情，聆听着我的心动，你我仿佛始终分离，却又终身相依。

就像歌里唱的，爱情里没有谁对谁错，可这样的爱情故事未免也太不圆满了，同事们纷纷为她感到遗憾。大家又都不约而同地想起了她站在主席台前说过的那句话。难道一语成谶，要让她饱尝爱情的酸甜苦辣吗？还是如《生活大爆炸》里谢尔顿说的：“人穷尽一生追寻另一个人共度一生的事，我一直无法理解，或许我自己太有意思，无须他人陪伴，所以我祝你们在对方身上得到快乐，与我给自己的一样多。”让我们的女神顺其自然地等着那人，那个让她觉得足够有趣的人，那个她愿意用一辈子温柔的目光执着地看着他的人？

千山万水也要相见

与南方相比，北方秋天的山水更显得疏朗清俊。那五彩斑斓的田野和硬朗直立的山峰相得益彰，令人赏心悦目。列车一过哈尔滨，文欣便迫不及待地将目光投向了车窗外，眼前的一草一木，一山一水，都是那么熟悉，那么亲切。从春夏走到秋冬，又从秋冬走到春夏，虽然景致随着四季更替，但文欣依然能分辨得出这是什么树，那是什么花。

现在，文欣越来越喜欢上坐火车，并不是因为便宜，而是因为它有远方。每一次的停留，不论是长是短，都是暂时的，而非终点。对于火车来说，每一个人都只是它装载的过客，意义并不在于你能走多远，而是有你想去的站台，那里有一个痴痴等你的人。

文欣，自小生活在江南水乡，苏州是她的老家。2008年8月8

号，她遇见了泽凯，一个来自黑龙江畔的阳光大男孩。两人一见钟情，于是，在美丽的太湖边，文欣和泽凯牵起手，立下了爱的誓言：愿得一人心，白首不相离。

然而，由于工作关系，文欣和泽凯不得不两地分居，一过就是三年。多么漫长的三年啊，相思都绕成了长长的线。深夜，两人拿着手机打电话，谁也舍不得挂断，困到说的话已经连不成句子了，才悻悻然作罢。白天，坐车或走路，两人捧着手机发短信。两人曾整日发着信息聊天，从早上开始一直聊到睡觉前，互道晚安才觉得这天真正结束。两人还会写信，用各式各样带花边的信笺，信中偶尔会夹上几片枫叶或花瓣。但是，这一切，都不及思念带来的寝食不安。

于是，文欣和泽凯开启了互相探望模式，以解相思之苦。坐飞机或者坐火车，三年来，他们存下了厚厚一叠机票和火车票，几乎花光了所有的薪水。但是，他们心甘情愿，乐此不疲。他们能想到的给对方最浪漫的礼物便是两相见。

文欣记得自己第一次去看泽凯，穿了一条洁白的新裙子，带了一份给他的生日礼物。因为第二天就是泽凯的生日。因为要赶时间，文欣打算坐飞机过去，可没买到机票，只好改坐火车，没想到，火车票也紧张，买到的是硬座票。

二十几个小时的火车硬座不是闹着玩的，实在是太折磨人了，文欣想想就头皮发麻，可一想到只要忍一忍，吃点苦就能见到日思夜想的泽凯时，便又义无反顾地踏上了北上的火车。

进站、安检、检票，踏上拥挤闷热的车厢，空气中充斥着各种难闻的气味，来自未经清洗的肌肤、肮脏的衣物和身体的代谢循环。这种气味令人窒息，文欣有点晕。她趴在小小的桌子上睡了一会，等醒过来看着车窗上映出来的自己，简直不敢认：头发凌乱、眼皮浮肿、嘴唇干干的，一副狼狈不堪的样子。再看看裙子，洁白的新裙子，不知什么时候沾了几处可恶的黑点，且皱巴巴的不成样子。

好不容易熬到了目的地，泽凯早已经等在出站口了。他一见到文欣，立马张开了怀抱，像迎接新娘一般等着她的到来。文欣害羞地扑过去，委屈地对他说："你看，我是不是丑死了？"泽凯笑眯眯地抱紧她，替她理了理耳边的头发，温柔地说："傻瓜，不丑不丑，你最好看了。"

第二次，文欣吸取教训，提前买好了卧铺。白天还好打发，可以看看美景，看看书，也可以吃吃零食。到了夜晚，外面一片漆黑，什么也看不到。人又乏又困，却怎么也睡不着。睡在她下铺的胖男人打着呼噜，声音比打雷还要猛。最让人受不了的是，间接性的停顿总让人担心他接不上气儿。

对面铺上的小男孩正值磨牙期，牙齿咯咯地响。又不知是谁的脚臭弥漫了整个车厢，熏得文欣直想吐，只得用纸巾不时地捂住鼻子。文欣只好趴着给泽凯发短信，但是穿山隧道的信号弱到了极点，信息怎么也发不出去。

封闭车厢的窗户无法打开，不然呼啸而过的风定能将人心撕碎。文欣强迫自己闭上眼，心儿却抑制不住地早已飞向了远方：这飞驰的列车呀，正穿山越岭，正带着我向我心爱的人驶去呢。想着想着，文欣终于迷迷糊糊睡着了。等一觉醒来，火车也终于到站。文欣拎上行李，像风一样飞奔到站台，泽凯还是那么笑眯眯，一见到她便张开了怀抱。还没等文欣说我好想你，泽凯已抱紧了她，贴在她的耳边说，我好想你。泽凯的话温柔甜如蜜，令文欣将旅途的劳累抛至九霄云外。

有一次相见最富戏剧性。当文欣坐着火车即将驶入牡丹江站时，收到泽凯的短信。一看短信的时间，明显是延迟了，估计泽凯发来的时候正巧车上信号不好。短信上说："亲爱的，非常抱歉，临时接到了一个紧急任务，让我速去速回。现在我已出发，到时正好会经过牡丹江站，我在站台那儿等你，我们可以见上一面。"

牡丹江站是一个特别重要的站点，有许多旅客将由此出发，去美丽的镜泊湖，去神奇的林海雪原，去古朴的宁古塔，去旖旎的小九寨……所以，过往的列车都要在此停留十五分钟。

文欣看完短信，顷刻间像一只泄气的皮球。难道是谁在故意捉弄我们吗？好不容易见个面又要擦肩而过吗？失望和委屈一齐涌上文欣的心头，眼泪夺眶而出。这时，列车广播响了：牡丹江站到了，请下车的旅客携带好随身的物品。

"牡丹江站！"文欣猛地醒悟过来，顾不得擦拭眼泪，飞奔下车。十五分钟，多么珍贵的十五分钟啊！

望着站台上上上下下涌动的人流，文欣焦急地四处张望，找寻着泽凯的身影，一颗心都悬到了嗓子眼儿。

“文——欣！文——欣！”是泽凯的声音。只见他满头大汗，一边喊一边挥着手向文欣奔跑而来。旁边的乘客好奇地看着他们。

文欣赶忙迎上去，两人旁若无人地紧紧相拥在一起。泽凯连声说：“对不起，对不起，我处理完就回来，你等着我。”

“嗯，我等着你。”文欣的眼泪又流了下来。

“我临走前给你煮了最爱吃的青苞米，就放在那个保温盒里，热乎着呢。”泽凯给文欣擦去眼泪，笑着说。

刚刚还委屈伤心的文欣一下子高兴起来，心里暖暖的。泽凯真是一个有心人，文欣不经意间说起最喜欢吃青苞米，泽凯竟然深深记在了心里。

美好的时光总是转瞬即逝，属于文欣和泽凯的十五分钟过去了，列车又要出发了。泽凯依依不舍地将文欣送上了火车。“我等你！”文欣冲他使劲地挥着手，风撩起她前额的头发。像是眼睛被突然迷进了微尘，泽凯转过身去用手背不停地揉着。文欣的眼睛也湿润了。“哐当哐当”列车启动了。文欣的目光紧紧追着泽凯的身影，直到看不见了，仍朝车后眺望。

在相逢的站台告别——那该是世上最特别的相逢与告别吧。十五分钟，在同一站台上，两人真情相拥，深情而纯真的情感流露，让人震撼，让人动情。

而令人记忆最深刻的一次，文欣坐飞机去看泽凯，那天是12月31号。飞机会在晚上九点多降落，文欣和泽凯说好了要一起迎接新年。她穿上了最漂亮的红色大衣，化了淡妆，喷了香水，想要以最美最喜庆的样子出现在泽凯的城市，和他一起迎接新的一年，希望新的一年，两人不要再分别。但天公不作美，黑龙江从下午就开始下大雪。航班延误了，起初说延误一小时，可过了一个半小时仍不见动静。文欣看着一直提示延误的航班信息，心急如焚。她孤独地坐在候机大厅，无奈地看着手机上的时间一点点地挪后，飞机却始终没有起飞的意思。

等文欣终于疲惫不堪地抵达黑龙江，已经是夜里两点多，狂欢跨年的人们都已散去。风在呼呼地刮，文欣和泽凯走在冷清的街道上，大雪覆盖了路面，他们的脚步发出咯吱咯吱的声音。文欣感到飕飕的寒意，化的妆也脱落得乱七八糟，整个人就像被霜打蔫了的苦菜花。走到一盏路灯下，泽凯忽然停下来，一把将文欣揽在怀里，深情地说："让我再仔细看看你。"文欣把头扭向一边，眼泪不受控制地落下来。她的嗓子有点哑，难过地说："还是没有能一起过新年。"

泽凯在那昏黄的灯光下再一次抱紧了文欣，用坚定的语气说："这是我们最美最幸福的新年，因为有你，和我千山万水来相见！"

那晚，没有葡萄美酒夜光杯，也没有烟花和鲜花，只有漫天飞舞的雪花，却把彼此浓浓的情思和爱意，全都融进了那一句情真意切的话里。

远方，不曾远过爱情。与亲爱的人相见，自然不远千山和万水。

第四章 美好不改初心

在爱情里，再坚硬的冰也会融化为水，源远流长。

天上掉下个林美丽

1

爹静静地躺在病床上，左眼紧闭着，右眼却仍倔强地张开着。我好几次用手合上它，都无济于事。

满头银发的奶奶老泪纵横，轻轻拍打着床沿，就像哄着刚入睡的幼儿：“强子啊，你还有啥放心不下的呢？你就好好走吧，娘很快会来陪你的……”

奶奶的话引得旁人纷纷落泪。只有我的眼睛干巴巴的，就像两口枯竭了的井，再也流不出汩汩的水来。自从得知爹身患绝症后，我的眼泪就没有再淌下来过。凭良心说，我并不伤心，甚至，有一些庆幸，庆幸他终于一了百了了。

爹是下午一点左右走的。走的时候，林美丽不在，在家睡午觉。

这时候还睡什么午觉？真他妈的没良心，我恨得咬牙切齿。

林美丽还真睡得着，若不是我打电话告诉她爹走了，真不知道她要睡到什么时候。

小时候，我一直搞不懂，为什么一吃过午饭，林美丽就像鬼附身似的立马要去找张床睡了。每次她睡午觉的时候，爹都会关紧所有门窗，然后静静地坐在林美丽的房间外。爹也不准我发出任何声音，若哪一次不小心弄出动静来，那一定不会有好果子吃的。

后来，爹告诉我，这就像有的人喜欢抽烟，有的人喜欢打牌而已。林美丽就喜欢睡午觉，每天都雷打不动的。因为她有神经官能症，睡觉的时候听不得一点声响。

林美丽来了，头发有些乱，但脸上的表情异常平静，似乎什么也没发生。她俯下身，顺手捋了捋爹身下皱巴巴的床单，又直起身，看看我，淡淡地问了一句：“有啥叮嘱的吗？”

我厌恶地瞟了她一眼，有些不情愿地说：“谁让你不在的？没说什么。”我把爹叮嘱我要好好伺候林美丽和奶奶的话咽回了肚里。

林美丽微微一怔，避开我咄咄逼人的眼神，默默地转过身坐了下来。她握着爹的手，似乎在自言自语：“一切都过去了，过去了……”

真是个薄情的女人，连一滴眼泪都没有！我心里愤愤的。

2

其实，我已经差不多忘记她的真名叫林美丽了。打从懂事起，我就一直听到别人叫她“狐狸精”。连小屁孩儿都知道“狐狸精”就是张家三婶娘——林美丽。曾听奶奶一辈人说过，林美丽年轻时好像蛮风光的，脸蛋漂亮，会唱又会跳，在一个文工团待过，后来由于家庭成分不好，被人挤掉了。大家叫惯了“狐狸精”，按着他们的逻辑，我被顺理成章贴上“小狐狸”的标签。这个可耻的绰号让我整整十二年抬不起头来。

话说回来，林美丽的确长得很标致，长辫子，大眼睛，细腰身，走起路来，两个大奶子一抖一抖的。我家墙上的相框里就有她的艺术照，有穿戏服的，有举红花的，有拿扇子的，张张都很漂亮。不认识林美丽的人还以为是哪个演员呢。村里那些大老爷们有时看不到林美丽，就看看墙壁上的照片也高兴。他们常拿我爹开刷：强子本事大，弄来的女人好，夜夜有“热馒头”喂饱。对大家的说笑，爹开心的时候，不太会跟他们计较的，不开心的时候，那些人可惨了，准会挨爹一顿揍。

林美丽不仅身段好，嗓子也好，什么黄梅戏、越剧，随便起一嗓子就会把人的骨头都酥了去。夏天，一到夜晚，村里的那些汉子们提着酒瓶，摇着蒲扇来我家乘凉。嘴上说跟我爹喝酒，其实是来听林美丽唱戏的。有时，几个汉子酒喝多了，就赖在我家院子里不肯走。他们的婆娘便气急败坏地找上门来指桑骂槐：“死鬼，你有种也到外面去买个狐狸精回来过呀，才不拦你呢！”

我爹虽然也喝多了，但每每听到这样的话便会勃然大怒：“他娘的，说啥破话哪？看我不打烂你们的臭嘴！还不快滚！”他怒目圆睁，凶神恶煞般把那些醉汉和婆娘们统统赶了出去。

第二天，林美丽依然扭着大屁股，跟那些男人们大声说笑，有时还故意跟他们开玩笑：“还敢不敢来听戏呀？我又新学了一段呢！”男人们讪讪地笑，女人们则在背后骂：“狐狸精！”

不过，自从爹去了外地后，来我家乘凉的男人渐渐少了，一来是他们不好再拿跟我爹喝酒作借口了；二来怕家里婆娘一哭二闹三上吊。只有几个还未讨老婆的敢来。其中来得最多的是“卷狗”。

卷狗，天生一头微微卷曲的头发，又黑又密，白白的娃娃脸，怎么晒都不黑，一笑起来眼睛会说话。他会写一手好毛笔字。他还是村里第一个志愿兵，转业后在乡电管站工作。卷狗不是他的真名，是村里人开他玩笑给取的。他的真名叫吴有才。大家都说他不是讨不到老婆，而是不愿意讨。

卷狗的二婶是村里有名的媒婆，凡经她介绍的对象一般都能成。可轮到给侄子卷狗介绍对象，偏偏横挑鼻子竖挑眼，怎么也不成，气得王婶直骂卷狗小王八羔子，发誓再也不给他张罗了。

三十好几的卷狗，依然不急着说媳妇，天晓得是不是他那玩意儿不灵光。

卷狗每次来，都会给我带一些好吃的，我第一次吃到的金币巧克力就是他给的。只要他一来，林美丽就会叫我去外面玩，说要跟卷狗叔谈些事情。有时，我不太情愿，但一想到有巧克力吃，气也就消了。

不知什么原因，我比同龄的小伙伴发育得要早些。上四年级时，我的胸脯开始微微隆起。洗澡时，我常用毛巾把两粒鼓鼓的奶头狠狠地往里掐。我不想让它们肆无忌惮地长，怕它们会长成和林美丽的一个样。

六年级时，我的胸脯已经浑圆浑圆的了，像两个馒头似的堆在胸前。林美丽给我买了两件小背心，让我替换着穿。起先我不肯，但后来没了胸衣的约束，我的胸脯像小兔乱跳。为了控制这种跳动，走路时，我总会刻意地含胸曲背。久而久之，我的走路姿势越来越难看，越来越与众不同。

林美丽似乎很在意我的走路姿势，每次都逼我抬头挺胸收腹，可我就是不当一回事儿。有时说急了，我回她一个眼白："丑一点有啥关系，漂亮能当饭吃吗？"林美丽气得戳着我的脑壳骂："还不都是为了你好？俗话说，丑女嫁不到好男。"邻居听了，笑话林美丽："小偶还小呢，你就开始愁嫁啦！"

上了初中，同学们情窦初开，谈恋爱的现象越来越多。我也暗暗喜欢上了我的同桌，那个清瘦的男孩。可我有些自卑。我不敢给他写情书，只能偷偷地写在日记本里，密密麻麻地写了一页又一页，然后锁起来。我也不敢给他送礼物，怕同学们取笑我癞蛤蟆想吃天鹅肉。更不敢直接拉他的手，甚至连正眼看他一眼都不敢。

我想起林美丽跟卷狗拉手的情景，不禁脸热心跳。那天傍晚，西天的云霞出奇的红艳，就像春天远处那一片盛开的桃花。浑圆的落日留下长长的影子，一片血红。天色很快就暗下来了，狭长的瓜田被暮色涂得紫一块，青一块。一群鸟“扑哧扑哧”飞来，倏地钻进槐树林里不见了。卷狗兴冲冲地背着电工包来到我家。我很纳闷，家里电器啥的都没坏呀！可林美丽说：“家里线路老化了，常断电，你爹又不在家，万一出了事就麻烦了。”

卷狗爬上木梯，“啪”一下，拉下了电闸，屋里顿时漆黑一片。

“东厢房那组线有问题，我替你换一下。”卷狗跟林美丽说。

“大约多久能好？黑灯瞎火的，小偶还要写作业呢！”

“那急不了，两三个小时要的吧。”

林美丽转过头对我说：“小偶，你今晚就住奶奶家吧，别耽误了功课。”

我很不情愿地一边走，一边回头望，林美丽和卷狗还站在木梯旁说话，但两人的距离似乎离得很近了。突然，卷狗抓住了林美丽的手。我顿时火冒三丈，正想立即转身冲进屋，让卷狗松开他那双可恶的手。但是，林美丽又冲我喊了：“时间不早了，还不快走，磨磨蹭蹭做什么？”我只得闷声不响地朝奶奶家走去。为了撒气，我踢了一路的石子儿，鞋头上都磨出了一个洞洞眼。

反正是林美丽买的，坏了就坏了！

3

林美丽跟爹活了大半辈子，也吵了大半辈子。在我的印象中，每次吵架都是林美丽在发疯，爹往往闷声不响的。林美丽常常骂："我真是瞎了眼了，一朵鲜花怎么就插在了你这堆牛粪上？"

爹这堆牛粪外表是差了点，但总还算得上是一个能干的人。

在我们王庄村里，爹是第一个朝外闯荡的，脑子很活络，做过小贩，也做过小包工头。据说有一年各地都发大水，好多人家都被洪水冲走了。王庄村也不例外，直到现在，村里那座老房子的墙上还能隐隐约约看到被洪水浸泡过的痕迹。村头那条大河边也还留着水位警示标志。幸亏爹手脚快，工程完成得早，工程款一分都没有少。每当说起这事，爹都很得意，说自己吉人天相。

林美丽对这件事却很反感。只要爹一说起发大水，她就会莫名其妙地发起火来。有一次，爹和一哥们边喝酒，边侃山海经，说着说着又扯到了那次发大水，爹神气活现地拍着胸脯说幸亏自己能干，不然……话还没来得及说完，林美丽气冲冲地走过来，端起一碗热气腾腾的菜汤就往爹身上泼，烫得爹嗷嗷直叫。那时我还小，吓得都尿湿了裤子。

长大一些后，有一次和爹闲聊，也不知怎么的又聊到了那件令爹得意的事。我偷偷问爹，为何林美丽不爱听到发大水。爹深深吸了口烟说："你两岁那年，好多地方都发大水，你外婆家被洪水冲走了，什么都没留下。唉，也难怪你娘……"原来如此，怪不得，我从来没有见过外婆，更没有去过外婆家了。

爹每次从外地回来都会给我带好吃的和好玩的，偶尔也会给林美丽买好看的衣服和首饰。有一次，爹带回来一个小小的铜匣子，锃亮锃亮的，上面镂刻着花纹。一把锁很小巧，钥匙就更小了。我看着好奇，总想拿过来玩玩。爹呵斥我大人的东西不能随便碰的，他像宝贝一样藏在一个不常用的柜子里，并且叮嘱我不要告诉林美丽。有一天，我偷偷看见他将一沓崭新的钞票锁进了匣子。第二天，我趁他不备，拿了他身上的钥匙，准备打开匣子取点钱，结果被爹发现了，挨了一顿打。

小伙伴们不仅羡慕我有一个会挣钱的爹，还妒忌我有一个会唱戏的娘。尤其是王小淘，他是我同桌，也是我邻居，外号叫"鼻涕虫"。他很邋遢，每次擤鼻涕或者吐痰，都弄在我的座位边，恶心死了。为此，我跟他吵了无数次。有时吵不过他，我就笑话他的娘，因为王小淘的娘是我们村出了名的懒婆娘。这话戳到了他的痛处，他越来越记恨我，总在背地里说我和林美丽的坏话。

小学五年级的时候，语文老师布置我们写一篇关于母亲的文章。那时我还没有恨林美丽，所以写了她的很多好。比如长得漂亮，会织毛衣，还会唱戏。结果，语文老师将我的作文当做范文在全班同学面前读了。正当我有点沾沾自喜时，"鼻涕虫"王小淘在班上爆料：张小偶的娘是他爸花钱搞来的。这一消息立刻在班上炸开了锅，同学们有的嘲笑我，有的在我背后指指点点。我当然受不了这种侮辱，就和王小淘大打出手，结果两败俱伤。

事后，班主任虽然批评了王小淘，但我看她的眼神总觉得和以前有些不一样。后来，我爹也知道了这件事，大发雷霆。爹在王小淘上学的路上将他拦住了，劈头劈脸地训了他一通，还警告王小淘的爹要管好自己儿子的嘴，吓得王小淘再也没有乱嚼舌头根过。

一次，爹从外地回来过中秋节。离吃饭时间还早，我们边下棋边聊天。我问起他当年怎么就看上林美丽了。没想到，爹一下子变了脸色。他“腾”地站起身，紧张地朝屋外看了看，然后迅速关上房门，压低声音，狠狠地对我说：“是不是你谈恋爱了？小小年纪，不学好，将来要后悔的！”

什么？我刚想开口解释，爹又指着我的鼻子，语气十分严厉：“你给我记住了，这个问题以后也不许问别人，尤其是你娘！”

夜晚，我们坐在院子里，十五的月亮正在白莲花般的云朵里穿行，我心事重重。爹和林美丽让我吃月饼，我索然无味。

初三那年，终于有一个男孩子大胆地向我表白，说喜欢我。正当我沉浸在恋爱的喜悦中时，爹不幸患上了胃癌，割去了差不多三分之二的胃。一个家一旦失去了一个男劳力，那生活境况自然就会窘迫起来。

看着林美丽那双勾人的大眼睛一天天失去了往日的神采，村里那些爱嚼舌头的婆娘们有些幸灾乐祸：“看那狐狸精还神气不？”

“唉，强子这一病啊，那玩意儿恐怕也就没劲儿了吧？”

“哈，那么说来，狐狸精不是要寂寞死了？不找男人才怪？”说者无心，听者有心。有些婆娘便暗暗地对自家的男人看得更紧了。

还好，林美丽只找卷狗。

“美丽，我一个同学说卖血能挣大钱。人家辛辛苦苦做一年才挣七八百块钱，卖血一个月就能挣回来。”卷狗对林美丽说。

林美丽眼睛一亮：“这么好挣啊？那快托你同学介绍我去。”

“卖血是挣钱快，可太伤身体了，你吃不消的。”

“那又能怎样呢？那死鬼要吃药，小偶上学也需要钱哪！”

“那我们一起去，两个人挣总比一个人要强。”

后来，村里人总看到卷狗带着林美丽往市里跑。两人同进同出，亲密得就像一对热恋的情人。大家议论纷纷：“狐狸精本事厉害啊，卷狗这愣头青到底还是被迷住了。”

爹也多次反对林美丽去卖血。“不卖血难道去卖人？你吃药不要钱？小偶还要不要去上学了？”每次，林美丽一通大骂，爹便像泄了气的皮球，没声儿了。

过了大半年，不知是谁从医院里得知了林美丽和卷狗卖血挣钱的事儿。这一消息一传开，村里人都眼红了，卖血的队伍便越来越壮大起来。

“要想富，袖子撸”，对于那个干一天活只有两块钱收入的年代，卖血的确是挣钱最快的方式。没过几年，村里人纷纷买回了电器，盖起了小楼房。

林美丽也动起了盖房的心思。为了凑钱，她卖血次数越来越频繁，有时一个月要抽两次。卷狗心疼林美丽，他顾不得上班，偷偷跑到外县市卖血。反正只要哪里有医院哪里就有他的献血证。年底，卷狗给了林美丽厚厚的一沓钞票。村里人都说卷狗这小子病得不轻，为了一个狐狸精连命都不要了。这些闲言碎语听着让人难受，但我的内心深处却对卷狗有了一些感激。

对林美丽，我也渐渐改变了态度。放学回来，我主动帮她一起做做饭。吃过中饭，我洗碗，让林美丽早点去午睡。晚上，我会挨着她的床头跟她说一会儿心里话。林美丽生日那天，我还给她买了一块花手帕。每次听到我们母女俩嘻嘻哈哈的笑声，爹既高兴又嫉妒。现在想来，那一阵的确是我们母女关系最好的时光。

我们的新楼房终于建好了。搬进去当晚，爹让林美丽请卷狗来喝酒，说要当面好好谢谢他。那天，林美丽穿得很喜庆，上身一件红色小袄，胸前绣着大朵的牡丹，下身一条黑色宽松裤，那俊俏模样像极了舞台上飘飘欲仙的青衣。林美丽烧了好多菜，鸡鸭鱼肉的，摆了满满一桌子。

好久没喝酒了，爹颤颤巍巍地端起酒杯：“来，卷狗，我敬你一杯！这些年来多亏有你的照应啊！”说完，一仰头，把酒都喝了。

爹又倒了一杯：“美丽，我也敬你一杯！为了这个家，你吃了很多苦，受了很多累，真难为你了！”

两三杯酒下肚，爹终于不胜酒力，醉倒在沙发上。因为我第二天要期末考试，也早早地上床睡了。

半夜里，我突然有了尿意，很急。刚要起身，只听得隔壁房间里有一种奇怪的声音，吱嘎吱嘎的。我不敢开灯，屏住气，那房间里又传来吭吭哧哧声。我的心怦怦乱跳，蹑手蹑脚地移到窗前，惊呆了，床上有两个黑影在纠缠。

“这么多年，多亏有你！”

“嗯。嘘！”

朦胧中，我看见一个人影翻身压住了另一个人，随即传来粗粗的喘气声和吃吃的娇笑声。霎时，我感到有一股热血“嗖”地直冲脑门，全身顿时燥热难忍。

那团黑影刺得我睁不开眼睛，我突然明白他们在做什么了。一对狗男女！我恨得咬牙切齿。那一刻，我憎恨世上所有的男人，他们是天底下最丑陋的动物。我更恨林美丽！

两天后，爹突然跟我说他和林美丽离婚了，问我选择跟谁过。

离婚？虽然我早料到会有这么一天，但我还是感到愕然。

“她要离，还是你要离？”

“我要离。”

“离得好！”我竟然脱口而出。

爹诧异地望着我：“小偶，你……”我连忙打断他的话：“放心，我跟你过。”

爹叹了一口气，欲言又止。

4

林美丽终于跟了卷狗。这事儿成了村里人茶余饭后总要消遣的话题。

因了那次偶然的偷窥事件，我开始拒绝那个大胆表白男对我的热烈追求。男人只会让我感到恶心。我要将全部精力放在学习上。功夫不负有心人，我考取了省里有名的师范大学。

我很骄傲，我是村里第一个大学生。爹给我办了一个谢师宴，他把林美丽也请来了，说一家人团团圆圆的，才会给老师们留下一个好的印象。

林美丽似乎刻意打扮了一番，粉红色连衣裙，头发绾了个髻，看上去挺年轻的。她给我买了一双运动鞋，一个双肩包，还塞给我一个红包，嘱咐我在外要好好照顾自己。那天，林美丽喝了好多酒，话也特别多。一时兴起，还在酒桌上唱起了戏：“天上掉下个林妹妹，啊不，天上掉下个林美丽……”

“哈哈哈！”老师们纷纷鼓掌，夸，“唱得好！女儿随娘啊，怪不得张小偶聪明又漂亮！”

“谢谢老师们！今儿真高兴，女儿考上大学是我们张家的福气啊……”林美丽的脸上开满了桃花。我狠狠地朝她剜了一眼。

上大学后，林美丽也来看过我几次，每一次都被我冷冷地拒之门外了。爹知道后，很生气，将我训了一通：“离婚是我们大人之间的事情，娘还是你的娘。更何况你娘为了这个家，为了你，付出了很多，你要孝顺她才是！”我听了不以为然。

爹每次来电话，都要扯上卷狗跟林美丽，说什么卷狗给林美丽买了辆“雅马哈”啦，卷狗给林美丽过生日啦……爹总是很兴奋，我却听着心烦。一天，爹又说到了林美丽，但说到后半句，情绪明显低落了。

我忙问：“林美丽咋了？”

“惨了，惨了……”

“到底发生了什么事？”我在电话里连问了几次。

爹沉默了好一会儿才说：“卷狗死了。”

“死了？”我感到有些意外，“怎么死的？”

“丙型肝炎。”

“丙型肝炎？”我第一次听说这种病。

“嗯，长期卖血感染上的。唉——”爹重重地叹了口气又不说话了，只有电波在我耳边“嗞嗞”作响。

晚上，室友们请我去参加一个Party，我拒绝了。我怎么了？卷狗死了，应该感到高兴才对啊！可我却莫名地有些难过。

那一夜，我辗转难眠。眼前一会儿出现卷狗那张白白的娃娃脸，笑起来眼睛亮亮的；一会儿又变成了一张黑瘦黑瘦的脸，两只眼睛空洞得吓人。

放假回去，正好路过卷狗家。朱红色的大门紧闭着，门楣上还有他手写的大红对联“春到大地暖，福临人间祥”。一只白猫落寞地蹲在门外，往日整洁的庭院也杂草丛生。竹竿上，只有林美丽的白衬衣在风中哗啦啦地飘着。

卷狗一死，林美丽自然又成了大家谈论的话题。上了年纪的人都说林美丽命宫里是一个克星，谁跟她在一起，谁就短命。此话一传开来，原来那些喜欢缠着林美丽聊天、听戏的男人们也都纷纷避而远之了。

林美丽依旧每天都要放上一段黄梅戏或越剧，但是很少开口唱了。她还穿那件红色小袄，只是胸脯不再高耸坚挺，而像两株干瘪的稻穗，软弱无力地耷拉着。“狐狸精”的称号也被那位新过门的陈家小娘子代替了。偶尔有人说起林美丽，都摇着头叹息：“可怜的女人呢！”

大学毕业那年，我正忙着找工作，爹却又做出了一件让所有人都吃惊的事，把林美丽接回了家。

“分分又合合，你们在玩过家家吗？”我冲着爹喊。

“你这孩子，难道你就忍心看着你娘、你爹各自一个人孤独地老去吗？”

“娘？她像一个娘吗？”我的泪喷涌而出，心中积压的怨恨也一股脑儿全都发泄了出来。

“不要恨你娘，你娘也是苦命人。”

“苦什么？她是个扫把星。”

“唉，有些事情你不知道。”

“不知道什么？你们有事情瞒着我？”我很惊讶。

“没，没……”爹有些结巴，“小偶，现在，我只想和你娘在一起安安稳稳地过日子。”

“算了，你们爱怎么折腾就怎么折腾吧，我也懒得管了。”

那天，爹执意让我留下来和他们一起吃饭，我勉强答应了。那是十月的最后一天，明艳如金的秋阳从窗子里洒进来，泛着柔和的光影。桌上有台录音机，里面正“咿咿呀呀”地唱着林美丽最喜欢的黄梅戏。

5

由于离家远，工作又忙，我很少回家，平日就打电话问问情况。不管怎么说，现在爹和林美丽可以互相照顾，我也省心了。

今年年初，我突然接到了林美丽的电话，说爹腰部疼痛难忍，让我马上回去一趟。

我带爹来到医院一检查，结果令我目瞪口呆。医生确诊爹胃癌复发，已转移到肝脏，肿瘤有十多厘米之大。

医生说爹已失去了手术的机会，目前只有保持良好的精神状态，才能起到稳定病情的作用。爹很乐观，他叮嘱我千万不要让林美丽知道。

爹只跟林美丽轻描淡写地说，没事儿，肝脏上长了几个血管瘤，做个介入就好。

手术做好了，爹却逐日消瘦，面色一天不及一天，胃口也不好，疼痛加剧，药量增多。这一切像千斤重石压得我胸口生生作痛。每次去看望他，都不敢与他正视相对，我怕我的哀伤会点燃他的绝望。

林美丽似乎觉察到了什么，她偷偷问我：“你爹到底怎么了？是不是胃又犯病了？”

不问还好，一问，我眼泪夺眶而出。“都怨你，你是扫把星，是大克星！”我绝望地尖叫着。

林美丽愣住了，久久说不出话来。

第二天，我又早早来到医院，送一些零食给爹吃。爹说周身疼，日里夜里都睡不安稳。我便从超市里买了许多他爱吃的和没吃过的零食，让他闷的时候消遣消遣。我幻想着用最朴素的方法消减他病痛的折磨。

林美丽进来了，眼圈有些红肿：“起来喝点鱼汤吧，我一早炖的。”

爹像个听话的孩子，任由林美丽一勺一勺地喂。

“你好好地养病，我先去外地住一阵。”林美丽声音幽幽的。

“啊？你要去哪里？”爹疑惑地抬起头。

“随便去哪里，要不就去做个尼姑。或许，我真的是克星。”林美丽苦笑着朝我看了一眼。

爹似乎明白了什么，他一把抓住林美丽的手：“美丽，别听人瞎说。是我对不起你，我是该死的，是该死的……呜呜……”

“唉，也不知我们前世造了什么孽？”林美丽茫然地望着窗外。

听着他们的对话，看着泣不成声的爹，我像一个木偶呆呆地立在一旁，他们这是在演哪出戏啊？

林美丽没有走。除了每天午睡外，她大部分时间都在医院里照顾着爹。有几次，我看着盐水，让她在边上打下盹。我发现林美丽的头发里夹杂着好多银丝，是老了。爹醒来，第一声便问你娘呢。想起这几年来的大吵小闹、分分合合，可如今却像连藤的瓜。若能一切重来，人生该多么圆满。

唉，我也好久好久没叫她娘了。

6

办完爹的丧事，林美丽收拾屋子，我整理爹的衣物。

整理到爹的皮夹时，我发现皮夹里层有一条小钥匙。这把钥匙对爹一定很重要吧，不然不会时时刻刻藏在身边的。我将屋里所有的锁一一试了过去，居然都不是。奇怪，这究竟是哪把锁的钥匙呢？突然，我眼睛一亮，记起以前爹有个小匣子的，是他的命根子呢。我打开那个柜子，没有。我又在屋里仔细搜寻起来，终于在床下一个大盒子里发现了，正是那个铜质的小匣子，上面积了厚厚一层灰尘，雕花镂刻的部分也早已失去了光泽。匣子上挂着一把小铜锁。

趁林美丽不在，我连忙搬出小匣子，用布一擦，便又露出了铜的光泽。我小心翼翼地将钥匙插进了锁孔，轻轻一转，匣子开了，一股发霉的味道扑鼻而来。匣子里用红色的丝绸垫着，我仔细地将匣子的里里外外都检查了一遍，并没有发现什么值钱的东西，只有一个空白信封。我疑惑地打开信封，里面掉出一张泛黄的收据，上面的字迹已模糊不清，努力辨认也只能看到几个残缺不全的字“我将女儿林美丽……立据人林建×”，建后面那个字看不清了，还有金额这一栏里似乎写着1000，数字旁歪歪扭扭地签着“林美丽”三个字，字上有个淡红色的大拇指印。

我的精神彻底崩溃了。这个午后，有琥珀色的阳光从窗口投射进来，一圈圈光晕在我眼前晃动。墙上的林美丽一脸浅笑，依然那么迷人。我木然地站在那里，像一只落单的刺猬，被巨大的哀伤密密实实地包裹着。我紧紧地捏着那张收据，努力想回忆些什么，却什么都记不起来了。

日子鸦雀无声

1

为参加省山水画展，我通宵达旦，紧锣密鼓地做着各项准备工作。

凌晨一点，我仍在忙碌。突然，接到一个来自上海的电话。

“姐，是我……”竟然是妹妹桃子，她在哭泣。

我惊诧极了，忙问她怎么了，她不说话只是哭。我又换了一种口气，说：“是不是韩峰那小子欺负你？看我明天怎么去收拾他！”

韩峰是桃子的丈夫，比桃子大六岁。当初，老娘暗地里找算命的给桃子和韩峰算过一卦，两人生肖冲克，不宜结合。再加上韩峰家庭背景有点特殊，爸妈坚决反对他俩在一起。

老娘曾摸过底，韩峰的父母在他还未出生前就已离婚，原因是韩峰爸有了小三。韩峰妈怀着韩峰嫁给了一个比自己大十岁的男人，不幸的是结婚不到五年，那个男人因患肝癌去世了。后来，韩峰妈一直没有再嫁。

老娘还打听到，韩峰的爷爷韩老三倒是个忠厚老实、勤劳肯苦的人，白手起家办了一个丝织厂。过世后，将丝织厂传给了唯一的儿子、韩峰的爸爸韩更胜。韩更胜模样英俊，脑子活络，生意做得比韩老三还要大。有了票子，自然不愁女人。女人对韩更胜来说就是衣服，穿一件换一件，天天是新的。

韩峰妈当初也是有点姿色的，是一个小学老师。在韩峰奶奶的逼迫下，韩更胜娶了韩峰妈。只是没过多久，韩更胜搭上了一个娱乐圈的女歌手。韩峰妈无法忍受丈夫出轨，带着八个月的身孕毅然提出了离婚。

认识韩更胜的人都说韩峰和他是一个模子里刻出来的，一米八的个子，两道剑眉，英气逼人。不知骨子里是否跟韩更胜一个德行。大家在闲谈的时候总会这样说笑。老娘也担心这点，所以竭力反对桃子跟韩峰好。可不知桃子吃了哪颗迷魂药，铁了心的要跟他，没跟爸妈商量，简单收拾了一些衣物，跟韩峰住到一起了。

爸妈为此气得差点吐血，最终还是妥协了。毕竟是自己的女儿，生米已煮成熟饭，只得接受现实，但内心里，对韩峰的看法还是有的。

再说韩峰，还算争气，先在一家玻璃安装公司负责运送玻璃。干了一年多，就拥有了自己的客户群。然后另立山头，专门做起了玻璃销售。到底是头脑活络，再加上嘴皮子利索，生意很快就红火起来，订单像雪片样一张接一张地飞来。韩峰和桃子的小日子也越发滋润。

老娘对韩峰的态度明显有了转变。听到我们谈论韩峰时，她的脸色一下子柔和了许多，偶尔还会插问几句：桃子忙不，孩子还管得过来吧？老娘的心思，我一看就知道，表面上像是在关心女儿和外甥女，实则是在打探韩峰的生意状况，真是死要面子活受罪。

让老娘彻底改变态度的，是三年前的一场车祸。

那天是端午，老娘早就裹好了粽子，煮好了咸鸭蛋，专等我们两家一起回去吃饭。没想到，在来的途中，韩峰开着轿车被一辆农用车撞了。韩峰没系安全带，被甩出了车外，右腿骨折，裤裆里的那玩意儿也跟着受了委屈，韩峰的手一直捂着那里。桃子和玲玲坐在后排，只擦破了点皮。

韩峰在床上绑石膏的那段日子里，老娘就在桃子家帮着做饭、洗衣、带孩子。她经常想，幸亏韩峰只是骨折，要是命没了，桃子娘俩可就惨了。一家人平平安安，健健康康，和和睦睦才是福啊！

韩峰私下里跟桃子开玩笑，说还得感谢这场车祸，不然你老妈的有色眼镜要戴一辈子呢。

2

“我是偷偷跑出来的。我……我……”桃子抽泣着。

“偷偷？你不要吓我，你到底怎么啦，你在上海？”我压低嗓门急切地问。

“嗯。你有空吗，你能来趟上海吗？”桃子的声音好无助。

为了自己的亲妹妹，就是再忙也要赶过去的。第二天一早，我匆匆吃过早饭就出发了。我丈夫晓波还在蒙头大睡，我没有跟他打招呼，也不想跟他打招呼，这两天，我们正打着冷战呢。

自打女儿琳宝出国读研后，我们便成了空巢老人。原本忙忙碌碌、眉毛胡子一把抓的生活一下子闲了下来，闲到天天想吵架。在旁人眼里，我俩是重新回到了浪漫温馨的两人世界，该多幸福。可我们却怎么也找不到这种浪漫，相反，折腾成了生活常态。似乎有些矛盾早已埋下伏笔，只等孩子一出笼便开始爆发。

说起吵架的事儿，倒也不是什么大事，都是些鸡毛蒜皮的小事儿。但有一点是肯定的，我们开始互相忽略，互相嫌弃，心头往日的那般好已不知去向。

跟闺蜜诉苦，闺蜜劝我，说她周围的那些中年人也都这样，孩子在家时，即便是吵架，也会很快烟消云散的，因为孩子是最好的黏合剂；孩子一旦上大学，所有的问题都来了。我不解，闺蜜点点我的脑袋说：“这叫空巢综合征，你OUT了吧？你再看看，是不是现在很流行孩子上大学，父母又生二胎的，为啥，这是治疗空巢综合征的良方。”

我还真是头一回听到这个新名词，难怪办公室里的老蔡都四十三了还生二胎。但一想到自己，我整个人又蔫了，三十六岁那年长了子宫肌瘤，医生给我切除子宫时已明确告诉我，从此不会再怀孕了。

前两天，我突然发现晓波有点不对劲儿，往常吃好晚饭第一件事儿就是坐到电脑前玩两局游戏，那几天却改成上厕所，且一蹲就是老半天，莫非他肠胃不舒服？起初，我并没在意。后来有一天，我不小心弄断了手指甲，想到卫生间拿把指甲刀。刚走到门前，只听里面传来晓波温柔的说话声，那种温柔是我从来都没听过的。我不禁吃了一惊，屏住呼吸，把耳朵贴在门上。

“你今天心情好点了吗，睡得还好吗？我想你呢……”

好啊，百分百在跟一个女人通话，而且关系绝对不一般！我怒不可遏地推门，门没开，上了保险。我气得浑身发抖，完全失去理智，挥起一拳，将玻璃门打碎了。我夺过晓波的手机，果然查到了他和那个女人的通话以及短信记录。在事实面前，晓波很快地向我认了错，拍胸脯发誓以后再也不与那女人联系了。

我还是咽不下这口气，想想自己虽然是镇政府里一个小办事员，但好歹也是有点名气的业余画家，竟败在一个陌生女人手里。我的自尊心受到了极大的打击，自然和晓波打起了冷战。

车在高速路上飞驰，天上的流云一会儿聚拢，一会儿飞散。

崇启大桥开通后，去上海真是既方便又省时。十点半左右就赶到了上海，在杨浦区一家连锁酒店内找到了桃子。桃子一副颓废相，披头散发，眼圈红肿，睡衣松松垮垮地裹在身上，我简直不敢认她了。她见到我像见到了救星，紧紧地抓着我的手，还没等我开口，就“哇”的一声哭起来。

我连忙将她扶到沙发上，想倒一杯水给她，水壶里空空的。我烧了一壶水，在她对面的圈椅上坐下后问她：“出了什么事？”

“姐，我……我要和韩峰离婚。”桃子哽咽着，瘦小的身子蜷缩在沙发里，像一只孤苦伶仃的猫。

“离婚，你不是在开玩笑吧，你们不是一直很好吗？”我很吃惊。

水开了，我给桃子泡了一杯速溶咖啡。

房间里静悄悄的，只有咖啡冒着热气。喝完一杯咖啡，桃子似乎有了些体力，她在沙发里挪了挪身子，看看我，迟疑了下说：“我有了。”

“有了，有了什么？”我一下子没反应过来。

桃子指了指自己的肚子。

“呀，那不是好事吗？”我惊喜地说。

若不是韩峰的母亲去世得早，桃子和韩峰早就生二胎了。老太太活着的时候，一心想要个孙子，在桃子生下女儿的那天起，她就在韩峰的耳边唠叨一定要再生个儿子，一男一女才圆满。老太太说，你们只管负责生，孩子全由她来照顾。那时候，不符合条件生二胎是要罚款的，但有门路的话可以少交，甚至不交。老太太早已打好交道，只等桃子生了。只是她老人家福分太浅，不要说孙子，就连孙女上幼儿园都没盼到。老太太要是活到今天，那肯定要笑了，因为二胎政策全部放开了。

“可这不是韩峰的。”桃子低着头，拧着衣角，过了好久才艰难地吐出了这句话。

“什么？”我以为自己听错了，“你是说……”

“不是韩峰的。”桃子的眼里有恨意。

“……”我手里的茶杯“哐当”跌落在地上。

坐在我对面的桃子在抽泣声中，撕开了她心中埋藏已久的秘密。

3

前年，桃子和韩峰准备生二胎。忙活大半年，迟迟没有动静。桃子特地去上海的红房子医院检查，无异常，医生只是提醒她血压偏低，有点贫血，平日要注意营养和休息，不能节食。

桃子试了很多保健方法，调理了一年多，肚子依旧没动静。桃子急，她婆婆更急，一天到晚在她耳边嚼舌头。

桃子实在受不了，就跟韩峰发火：“你妈天天都说我有问题，哪天我们一起去检查，看看问题究竟出在哪？”韩峰愣了愣，随即赔着笑脸说：“别跟老人一般见识，现在反正也不急，咱都好好的，要孩子是自然的事，你说是吧？”

老太婆依旧每天在桃子耳边叽叽歪歪。桃子就故意气她说："你越催得急，我越是不愿生。"老太婆听了果然消停了，开始变着法子讨桃子欢心，她还是希望早点能抱到孙子。

婆媳间事儿刚消停，韩峰又出状况了。

韩峰的业务似乎越来越忙，几乎天天在外面应酬，不是喝得酩酊大醉，就是在歌厅唱歌或者足浴店泡脚。起初，桃子也能接受，生意场上嘛免不了应酬，免不了逢场作戏。可后来，韩峰屡次夜不归宿，这让桃子起了疑心。

一个不愿意回家的男人，要么是对家没了眷恋之心，要么就是有了外遇。桃子断定韩峰有了小三。龙生龙凤生凤，老鼠的儿子会打洞。老话说得一点儿都不错，韩峰骨子里流着他爸的血，到底是个风流种。桃子开始跟踪、偷听、查电话记录……那一阵，她活得不像正常人，整一个蹩脚的业余侦探。

这些事儿，桃子从来都没有跟任何人讲过。

上上个月，桃子记得那天是2月6号，韩峰又喝得酩酊大醉，他的几个弟兄深夜把他送回了家。看着烂醉如泥的韩峰，桃子又气又恨，但当着外人的面，忍着没有发作。一个"小平头"兄弟对她说："嫂子，我们都觉得峰哥心里有事儿呢。他这个人吧，太好强了，有事儿也要自己硬扛着。""有啥屁事，还不就是为了不要脸的女人！"桃子咬牙切齿地骂道。那两个弟兄吓得不敢再多说话，连忙走了。

那夜，韩峰又是呕吐，又是哭笑，桃子被他折腾得一宿都没睡好。第二天，韩峰却起得比谁都早，还主动做了早饭，这让桃子感到惊诧。

这天晚上，韩峰回家也出奇的早，还买回了好多菜。他给桃子打下手，做了她最爱吃的炝虾，女儿玲玲最爱吃的糖醋排骨、红烧带鱼。他开了一瓶红酒。一家三口好久没这样坐在一起吃饭了，最开心的当然要数玲玲了，一张小嘴一会儿爸爸这个，一会儿妈妈那个地说个不停。多么温馨的夜晚啊，这样的日子才是桃子最想要的。

韩峰不停地给桃子倒酒，说："来，多喝点，女人喝红酒养颜呢！"

桃子接连喝了两杯，顿觉所有经络被打通，身体像棉花般蓬松酥软。她娇嗔道："你又不是不知我的酒量。"还没说完，韩峰又递来一杯，桃子渐渐觉得自己的身体变轻了，轻了，轻得像一根羽毛，在蓝天下飘飘悠悠。蝴蝶飞来了，蜻蜓飞来了，白鸽飞来了，但它们都飞不过她。桃子越飞越高，最后竟变成了一朵玫瑰色的云飘浮在高山之巅。山脚下是一碧千里的草原，成群的牛羊在悠然吃草。醉眼蒙胧中，桃子好像看到了一张模糊的脸，熟悉而又陌生。

第二天，桃子睡到九点才醒来。强烈的阳光透过纱窗，在她的床单上织起了金色的丝线。桃子慌忙下床朝玲玲的小房间走去，床上粉红色的被子叠得整整齐齐的。走到书房，玲玲的书包不在，桃子舒了一口气，心里不觉泛起一股甜蜜的温柔。平日，女儿上下学都是她负责接送的。今天，韩峰一定是为了让她多睡会儿，亲自把女儿送到学校了吧，桃子重新回到床上躺了下来。对面墙上是他们俩的结婚照，桃子穿着雪白的婚纱，韩峰穿着笔挺的西装，两人含情脉脉地对视着。

整个半天，桃子都沉浸在一种莫名的幸福之中。这是这几个月来睡得最沉最香的一次，但桃子觉得头有些微微地疼，应该是昨晚喝多了。桃子努力想要回忆昨晚那一刻的激情与温柔，却怎么也回忆不起来。

说到这里，桃子停了停，两眼迷蒙地看着前面，似乎仍旧沉浸在那晚的温存中。而我竟然莫名其妙地想到了晓波。

我们似乎也好久没温存了。女儿高三时，怕影响她的学习，我们几乎停止了一切娱乐活动，看电视也把音量调到最小，有时干脆就看无声电视。睡觉时，我们也是背对背，断绝一切念想。

想想我们这代人也真是可悲，上有老，下有小，每天还要为生计奔波、操劳。当夜幕降临，一脚踏进小屋的时候，只想着能早点喝上一口热酒，吃上一顿热饭，哪还有什么心思去想吃喝以外的事。当然，这只是我一厢情愿地认为而已，因为，女儿上了大学之后，前面所提的状态并未有所改变。

我也认真反思过，是什么令曾经亲密无间的两个人日渐冷淡疏离，就连性事也从例行公事般到彻底淡忘？我承认，有时工作太累了，一天下来只想摸一张床，实在提不起兴致。有时为了画画又熬夜到深夜，晓波早已板着脸赌气睡了。偶尔晓波撑着眼皮等到我上床要求温存一下，我还百般推脱，最终两人又不欢而眠。

晓波多次说我有毛病，切除子宫引起的性冷淡，让我去妇科看看，我坚决不去，这种事谁好意思去跟医生说啊，私密的事还是不为人知的好。

我讨厌网络，讨厌手机，却总抵挡不了它的诱惑。自从有了微信后，我和晓波的距离更遥远了，很多时候，我们宁愿捧着手机，在各自的朋友圈里闲逛，也不愿意停下来卿卿我我，哪怕聊聊家长里短。或许，这正是那个女人乘虚而入的原因。一想到那个女人，我又恨得牙痒痒。

桃子沉默了一会又接着说了下去。

4

上个月，我突然觉得身体有点不舒服，大姨妈也迟迟没有来。难道传说中的更年期到了？我不禁悲从中来，都说女人如花，可我这朵花还没有真正享受盛开的乐趣便要凋谢了。

这个月，大姨妈依然没动静。我有点着急，就跟老娘说起了这件事，老娘竟连声念起阿弥陀佛，她说："十有八九是有喜了，看来是你那过世的婆波暗中保佑你们的。"老娘的话一下子让我喜出望外。天哪，前一阵尽跟韩峰吵架了，压根儿都没往怀孕这事儿上想呢。看来，真是天助我也！我激动不已，掏出手机，准备把这喜讯告诉韩峰。但立马又改变了主意，还是等去医院检查了再说。

我原想偷偷一个人去医院，没想到老娘藏不住事儿，事先告诉了韩峰。那天中午，韩峰一回家就跟我说："听妈说你身体不舒服，下午我陪你去医院查查。"

我在心里偷偷乐着。

"若真的有什么问题，早发现早治疗。"韩峰以为我在担心，便安慰说。

"去你的，谁说我有病了？"我白了韩峰一眼。

"呵呵，我这不是怕你担心嘛？"

"哼，说不定会有惊喜哟！"我朝韩峰调皮地眨了眨眼。

韩峰却复杂地看了我一眼。

吃过中饭，韩峰陪我来到医院，血常规、B超、尿常规……该查的都查了。B超结果当时就知道了，肝胆脾都没问题。今天医院人不多，血常规和尿常规的结果一会儿也出来了。血也没问题，尿检结果是阳性——怀孕！我激动得眼泪都流下来了，像个孩子似的，一边蹦，一边喊："有了，有了，终于有了！"

"快看，你又要当爸爸啦！"我兴奋地将报告纸递给韩峰。

韩峰却没这么兴奋，脸色看起来不大好，他抖抖索索地接过去，盯着"阳性"两字看了好半天。

"嗨，你是不是高兴傻了？"我推了推韩峰的肩膀说。

韩峰笑了，笑得很勉强。他说："暂时别把怀孕的消息告诉给别人。"

“啊，为什么不能说？”

韩峰故作轻松地说：“过一阵再说，到时给大家一个惊喜呀！”

我想想也对，就没跟你们说起。然后开始了保胎之旅，每天都沉浸在无比的喜悦中。

前两天，韩峰应酬回来，大概酒喝得太多了，吐得一塌糊涂，白衬衣也都被弄得不成样子。我非常生气，但还是忍着疲惫给韩峰擦洗身子、洗衬衣。韩峰的每件衬衣都是我亲手洗的，从来不用洗衣机，洗好后还要将衬衣一件件熨烫好。

我发现韩峰的衬衣口袋里有东西，以为是钱，掏出来一看，是一张皱巴巴的纸，确切地说是一份医院检查报告。我从头至尾读了一遍，傻眼了。虽然看不懂那些数据和图形，但最后两行字异常突兀刺眼：睾丸损伤，导致不孕不育。

不孕不育？我捏着那张报告纸只觉得天旋地转，紧接着眼前一黑，什么都不知道了。

“睾丸损伤，莫非是那场车祸？当初不就是骨折吗？”我忍不住插话。

“骨折只是外伤。”

“那就奇了怪了，这个孩子是哪里来，风刮到你身体里去的？”

“你啥意思，我是那种女人吗？”桃子“忽”地一下站起身指着我的鼻子说。

“我知道。可问题是这孩子……”我连忙将桃子按回了沙发。

我像放倒带一样，将桃子刚才的叙说重新回放了一遍，天哪，只有一种可能。我不敢再往下想了。

最近，我的单位里传出一件奇闻。两对夫妇既是同事，又是很要好的朋友，四人经常在一起吃饭、打牌。有一天，一方妻子发现自己的老公竟然和对方的妻子好上了，照理，她会大吵大闹，可出人意料的是，她没有声张，装作全然不知，暗地里却也勾搭上了对方的老公。四个人仍像往常一般喝酒吃饭打牌，相安无事。可好景不长，她老公发现了端倪，不肯善罢甘休，立马站出来吵了，一吵，纸就包不住火了，这件事就这样曝光于天下，成了大家茶余饭后的笑料。

我曾试探过晓波，问他对这件事有啥看法。他狡黠地笑了笑，做了个无可奉告的姿势。唉，现在的人，真让人捉摸不透。

桃子还在嘤嘤的抽泣，我一边给她擦去泪水，一边安慰她：“我们一起想想办法。”

“趁早，做了吧。”我坚决地说。

“韩峰就怕我做掉，说要是我做掉就离婚，并公布离婚的原因。”

“什么原因？”

“出轨，怀了野种。”

“好狠毒啊！”我痛恨地说。

韩峰就是吃准了桃子的心理，才提出了这样的条件。我忽然意识到，这一切或许都是计谋，是韩峰一步步设计好让桃子心甘情愿钻进去的。

“桃子，咱先回去，你安心地养着，反正还有八个多月呢，走一步瞧一步。”

当天下午，我将桃子送回了家。韩峰不在，估计仍然在外面鬼混。

5

晚上，我破例没有熬夜，早早洗漱好，并为晓波放了洗澡水，拿好了睡衣。这是结婚后我俩养成的习惯，但不知从何日因何事开始，我们各管各的。今天，晓波显然有些受宠若惊，他愣愣地看了我一眼，默默地转过身去洗了。

晓波钻进了被窝，虽然与他有着一丈的距离，但仍能感受到他的肌肤散发着热扑扑的气息。想起很久以前的冬天，怕冷的我总要躲进他的怀抱，有时干脆把手和脚都紧紧缠在他的身上。他从不拒绝，从不嫌冷。

某一天起，我和晓波在睡觉问题上有了分歧。我不喜欢开着电视睡觉，嫌吵，再说现在的电视剧不是肥皂剧就是宫廷剧，再或者就是无聊的综艺类节目，真没啥看头。晓波和我截然不同，只有开着电视才能睡着。当然，他也不是看什么节目，只是把电视机开着，让它自说自话罢了。他需要声音，声音是他入眠的催化剂。为这件事，我俩经常拌嘴，最后当然是谁也说服不了谁。

晓波在床上看电视，我就在对面的书房里画画。有时画到深夜，干脆就睡在了书房。对此，晓波一直很不满，说经常分房睡的夫妻十有八九是有问题的。我反驳，距离能产生美，适当分房有助于提高夫妻生活的质量。事实上，我没说对。

有时，我也会想起自己的子宫，一想起被摘掉的子宫，我就有点同情晓波，觉得是自己亏欠了他。但这样的同情很短暂，埋怨、猜疑、责备始终充斥着我们的生活。

电视机还在喧宾夺主，我强忍着。突然，一首特别熟悉的曲子传入耳中，是苏芮的《牵手》。我不禁从被窝中探出头来，看着荧屏中深情演唱的苏芮，差点掉出泪来。苏芮老了，声线却依然那么迷人。这不是我关注的重点，重点是这首歌对我和晓波来说是具有特别意义的。

大学毕业，最后一次聚餐。那是个狂欢的夜晚，不论男女，大家都喝得东倒西歪。突然，晓波同宿舍的几个男生簇拥着他，将他推到了大家的面前，说有消息要公布。刚才还乱成一锅粥的同学们顿时安静下来。

晓波的脸涨得通红，不知是喝了酒的缘故还是害羞。他只是傻傻地笑着，不说话。大家等得不耐烦了，纷纷喊："一二三，快快讲；一二三，快快讲！"晓波难为情地看看这个，又看看那个，最后把目光定格在我的身上。我不知他葫芦里卖的啥药，朝他笑了笑。接下来的一切令我一辈子都难以忘怀。

晓波竟然拉起我的手，当着同学们的面将他写满爱的日记本送给我，向我正式求婚，而且还让宿舍里的哥们通过电台为我俩点播了一首歌，就是苏芮的《牵手》。从此，这首歌就成了我们的定情之歌。

那种熟悉的旋律顷刻间令我俩怦然心动，往日的美好如花般次第绽放在夜色中。那条搁浅的河流瞬间涨起了春潮，两条久违甘霖的鱼儿迫不及待地向水草更丰茂处游动。缠绕，交融，腾空，飞跃，河床微颤，浪花四溅，百鸟欢鸣。这么多年来，风也过，雨也走，有过泪有过错，真爱过才会懂。但愿这一刻，我们是真正懂了。

好久未在鸟鸣声中醒来了，我推开窗，深吸一口气，觉得格外神清气爽。人间四月天，一树树碧绿的银杏，一朵朵玫红的晚樱，一片片洁白的云朵，一缕缕清凉的微风，无需着墨，无需上彩，一切都美得不像话。可一想到桃子，我的心里又像压了一块石头似的。我没有和晓波说起，免得他惹出事端。

我决定先捋一捋线索。韩峰无法生育，桃子却又意外怀孕；桃子欲打胎，韩峰不肯，还以离婚相逼。这一切看似很荒唐，一点儿都不合逻辑，却又是那么真切地发生了。

6

时间过得真快，一周又过去了。桃子肚里的小家伙也在一天天地成长，这不像植物，不想要了便一掐完事，这可是有血有肉的生命啊！不消几个月，桃子的肚子就要显山露水了。

我怕桃子想不开，做出傻事来，每天都要给她打两个电话，问问她的身体状况，顺便探探她和韩峰的关系。

4月28号，我正在家里画画，接到了桃子的电话。她情绪十分低落："姐，我不想再撑了。孩子一天比一天大了，我害怕看到他。与其这样混混沌沌地活着，还不如痛痛快快地死了算了。"

我急了，扔下电话，骑上电瓶车就往桃子家赶。等我满头大汗赶到桃子家的时候，桃子已歪倒在床上，口吐白沫，奄奄一息。床头，一瓶药被打开了盖子。我惊恐地哭喊起来："救命呀，救命呀！"一边喊，一边拿起手机打了120，还给晓波打了一个电话。当韩峰和晓波带着老娘赶到医院时，桃子已经获救，但腹中的胎儿没有保住。

老娘一进门，便哭着扑到桃子床边："你这傻丫头，好端端的，干吗要寻死啊？"

当老娘得知孩子没了的时候，急火攻心，心脏病突发。我们又是一顿手忙脚乱。

韩峰显然也受到了惊吓，一副失魂落魄的样子。他呆呆地看着桃子，不知道要说什么才好。

桃子已脱离危险。虽然孩子没了，我却不感到惋惜，反倒觉得庆幸。毕竟这个孩子生不逢时，即便生下来，也是一枚定时炸弹，随时都有爆炸的可能。

这一天，我真是又困又乏，安顿好桃子和老娘，疲惫地回到了家。晓波先从医院回来，已做好了晚饭，可我一点儿也没胃口，懒洋洋地躺在床上。

晓波走过来，小心翼翼地问我："桃子怎么样，老娘没出啥事吧？"

"还能怎么样？"我嘟哝着。

"桃子咋要寻死呢？"

我本想把事情的真相告诉晓波，但一想到这有关桃子的名声就忍住了，说："唉！谁知道？"

"为情所困，这年头还有啥想不开的？"晓波撇了撇嘴说。

我白了晓波一眼，说："你知道些啥？明显没有同情心。"

晓波眼中闪过一丝不易令人察觉的不安。

"你说韩峰这个人到底怎么样？"我坐起身问晓波。

"怎么样，当初还不是桃子自己一意要嫁给他的吗？"

"当初是当初，现在是现在。"

晓波沉默了一会儿说："韩峰有没有跟你说起什么？"

"他，说什么？"我感到有些奇怪，"你咋这样问？"

"哦，我随便问问。"晓波转身走了出去。看着他的背影，我突然回想起前一阵韩峰曾几次找过晓波喝酒，每次两人都喝得烂醉如泥。我还问晓波，韩峰找他有什么事。晓波支支吾吾地说什么韩峰的亲爸找过韩峰，让他早点儿生个儿子，好给他公司的股份。难道，桃子怀孕的事跟这件事有关？我越想越觉得蹊跷。

桃子住院后，韩峰寸步不离地陪伴着她，但桃子对待他的态度冷得像十二月里的霜。有一次，我给桃子送鸡汤去，刚要推门进去，只听得韩峰在跟桃子说："桃子，这一切都是我的错，请你原谅我好吗？"

"你的错，你到底对我做了些什么？"

"我，我……"

"你很想要孩子对吧？"

"嗯。"

"无耻！"桃子厉声尖叫着。

"我是有苦衷的！"

"苦衷？你是一个彻彻底底的混蛋！算我瞎了眼了！"桃子狠狠地扇了韩峰一耳光。

"骂吧，打吧，你若觉得这样痛快就使劲骂，使劲打！"

"混蛋！呜呜……"桃子绝望地哭泣着。

原来，韩更胜生意越做越大，他看着这辈子都花不完的钱，突然良心发现，想转让一些股份给韩峰，以弥补对他母子的亏欠。但他老婆死活不肯，说除非韩峰能生出个儿子，才愿意让出股份。

韩更胜在韩峰面前流泪，说他这辈子最后悔的是和韩峰妈离婚，让韩峰吃了不少苦。面对韩更胜的忏悔，韩峰无动于衷，仍冷眼相对，但百分之三十的股份却令他蠢蠢欲动。

“你想想，百分之三十的股份啊？更何况，我们原本就想要孩子的，一举两得呀！”

韩峰的话似晴天霹雳，震得桃子目瞪口呆。我在门外也听得心惊肉跳。

桃子好不容易缓过神来，指着韩峰的鼻子骂道：“你不要脸！你不是人！”

“我不是人！我错了。我不该听姐夫的馊主意。”韩峰扑通跪在了桃子面前。

“姐夫，这一切跟姐夫有什么关系？”桃子更加愤怒了。我也惊愕得差点喊出声来。

“我找姐夫商量，想来想去实在想不出好办法来。最后姐夫说他……他愿意帮……我该死，我该死。”韩峰拍打着自己脸号啕大哭起来。

“畜生，都是畜生！”桃子像疯了一般，抓起床头柜上的玻璃杯就往地上扔。

玻璃杯在韩峰脚跟前粉身碎骨，我的心也碎了。我狼狈不堪地逃出了医院，顾不得喘口气，像风一般一路狂奔回家。我迫切地想要知道事情的真相。

我打开门，厉声大喊道：“黄晓波，你不是个东西，你给我滚出来！”

屋内却死一般沉寂。

我气急败坏地走到卧室，没人！书房、卫生间都没人！打黄晓波电话，关机！我像一只无头苍蝇，在屋里来来回回地走着。突然，我瞥到黄晓波床头柜上的日记本。我知道他一直有记日记的习惯。我狐疑地打开，读完，整个人都傻了。

1月28号 周四 晴

我能理解一个男人的尊严，没有什么比失去生育能力更失败的事了。当韩峰告诉我他再也无法生育时，他的表情是多么痛苦和失望。可他不知，一个男人若只有种子，没有地儿下也是一种痛啊。

2月3号 周三 多云

韩峰来找我，说他亲爸要他尽快生个二胎，若能生个儿子就给他百分之三十的股份。韩峰让我替他想想办法，说不会亏待我的。能有什么办法呢？得让桃子怀上孕才行呀。

2月6号 周六 阴

韩峰又来找我，说实在不甘心放弃那百分之三十的股份，让我再想想法子。怀孕，怀孕。突然，我脑海中跳出一个大胆的念头，起初没好意思开口，后在韩峰一再央求下，我说了出来。韩峰一听大惊失色，直指着我的鼻子骂混蛋。其实，我也知道出这个主意很混蛋，可当初不知哪里来的一股邪魔劲儿上了身，就像一只饥渴多时的猫，好想吃到鱼。

2月7号 周日 阴

…………这里省略一万字。阿门。

我的眼睛渐渐模糊了。那12个黑黑的圆点，就像12块千斤重的巨石一下又一下地碾压着我的心。

7

黄晓波已经失联三天了，我却突然失去了要找到他的念头，仿佛从来都没有认识过这个人。

我的眼前时时刻刻闪现出桃子的影子，总也挥之不去。那影子就像一根长长的藤蔓，死死地缠紧我的脖子，令我感到窒息。

我发了疯似的开始跑步，在马路上跑，在公园里跑；早晨跑，夜间也跑，跑到精疲力竭。一路狂奔的我，就像一头遇刺的小兽，想要急切地寻求救治，却又不敢贸然地把伤口撩开示人，只好独自在黑夜里舔着自己的血和泪水。

熬了几天，我终于鼓起勇气问桃子："今后你打算怎么办？"

"你不打算和他离婚吗？"没想到桃子会这样反问我。

我哑口无言，迷茫而又无助地看着桃子。

"难道在一起还有意义吗？"桃子自言自语道。

我仿佛听见一个声音也在同样问自己。

我努力从眩晕中挣脱出来，深深吸了口气说："不管怎么样，我觉得……还是给韩峰……一个改过自新的机会吧。”话一出口，我自己都不相信这是我说的。

桃子果然很吃惊，陌生地盯着我。

“你让我忍气吞声，让我原谅你的丈夫？”桃子的眼睛里几乎要喷出火来。

“这不是忍，是……退，退一步……海阔天空。”我的声音细若游丝。

“哼哼。”桃子冷笑了两声，“看来，你们夫妻俩还真是一路货，擅长给人出点子。”桃子丢下这句话，头也不回地走了。

我心中的伤口像被一只无形的巨兽越撕越大，终于血流成河。

一个人的拉萨

他跟她分手之后，她独自去了拉萨。

他记得第一次遇到她，两人说得最多的话题就是旅行，并且她告诉他这一辈子一定要去一次的地方就是拉萨。当时，他笑着一口允诺：咱俩一起去。但是，他们的工作都很忙，去拉萨的事情总是停留在嘴皮子上，一直没有兑现。

她去了拉萨，将那只小狗留了下来。那是她收养的流浪狗，棕色的，叫开心。开心被捡回来的时候，好像出生才二十多天，已经饥瘦得不成样子。她是个心地善良的人，特别喜欢狗呀猫呀之类的小动物。她是在垃圾桶旁捡到开心的，当时开心缩在垃圾桶边，小小的身躯团成一团，就像一团纸，很难被人发现的。她抱起开心，赶忙跑去马路对面的超市买了一袋纯牛奶，因为走得急，还差点被车撞了。捡回开心的那一天，她心情特别好，像一个刚生下孩子的妈妈，眼里满是温柔的母爱。

回家之后，她抱着开心指着他说，这是你爸，以后让爸带着我们一起去拉萨哦。他点头笑笑，说好。有些话，说出来的时候总是那么美妙，可是做起来却真的是比登天还难。他是金牛座，天生是个踏实求稳的人，也可以说有些懒惰，对自己的生活不敢轻易变动。

但她不一样。她是个富有冒险精神的人，不满足于那种朝九晚五一成不变的生活，在她看来，那是在等老死的节奏。有一天，她看一档关于旅游的电视节目，看到这样一句话：生活不只是眼前的苟且，还有诗和远方。这句话立刻让她热血沸腾。她越发觉得现在的日子不是她想要的。

可是，她不想一个人辞职旅行。她想和他一起走，一起去拉萨，还有他们的开心。在遇到他之前，她从来不是一个优柔寡断的人，从来没有任何人或任何事能阻止她做任何自己想做的事情。但遇到他之后，她也开始放不下了，她忽然觉得，自己变得跟从前不一样了。

然而，不管她跟他做了多少思想工作，哪怕是求他或者用分手来威胁他，他都无法给她一个满意的答复。因为，他不敢失去现在所拥有的一切。他觉得一旦离开自己习惯的生存环境，离开自己熟悉的那些人，就会变得像浮萍那样，一时找不到自己的归宿，他不敢冒这个险。

分手的时候，他做了一桌子菜，都是她平日最爱吃的，两人还喝了点红酒。大概这世界上再没有像他们那样分手的情侣了。即便也有人好聚好散的，但总有委屈、伤心、难过和痛苦，只是路走到尽头，再说也没有意思了。但他们的确不是，他们是真的心平气和地说再见。人生的路太漫长，他们都觉得自己没有权利去改变彼此想要的生活。各自退后一步，海阔天空。

她终于坐着火车去了拉萨，原本只作为旅行，但去了就不想回来了。他们依然会通电话、发短信、聊QQ，说说各自的近况，说说开心长胖了没有，懂事了没有。涉及情感的话题，他们都绝口不提一字，或许，都还有一点私心，不希望听到对方喜欢上了谁跟谁在一起吧。

他知道她爱上了写作。她在拉萨租了一间小小的房，房子前面是一个开满鲜花的小院，后面是一个月牙形状的湖，湖水碧蓝碧蓝的。夏天的夜晚，她会坐在湖边，有时构思小说的情节，有时什么也不想，就数着天上的星星，困了便一头倒在草丛中睡着了。他听着她娓娓而谈，仿佛也来到了那个月牙湖。他想，要是他在那里，她一定会倒在他的怀抱中美美地睡去。

半年过后，她邮寄来一沓手稿，写的就是她在拉萨的所见所闻，题目是《一个人的拉萨》。读着读着，他热泪盈眶，在她的笔下，拉萨美得如同天堂。那些牛儿、羊儿、草儿、花儿仿佛都有灵性似的，跟她相处得那么和谐。那一刻，他真想去拉萨，想在辽阔无比的草原上遇见她，想在拉萨街头的某个咖啡店里遇见她，哪怕只是站在她不会发现的角落看一眼。

再没有比这种想念更令人刻骨铭心的了。

他终于坐上了火车，随着车轮的滚动，拉萨离他越来越近了。他似乎闻到了她的气息。然而，他终究没有勇气拨通她的电话，在布达拉宫附近的一个小旅店里住了四个晚上，又背着行囊回家了。

他想，告诉她又有什么用呢，她应该不会跟他回来的，而他也不可能留在拉萨。还是不告诉的为好，省得各自徒增伤感。

后来的日子里，哪怕再想念她，他也不会动去拉萨的念头。他只在电话里头一遍又一遍地叮嘱她，按时吃饭，按时睡觉。因为她以前最大的毛病就是不按时吃饭，总是熬夜。结果，一度患上了贫血综合征。

两年后，她出版了她的第一本散文集《一个人的拉萨》。书的扉页上有她的照片，背景就是那个月牙湖。在这本书里，她洋洋洒洒地写了12万字，书中没有孤独，没有寂寞，没有埋怨，没有悲伤，有的只是看得见的喜悦和激动。她在书的最后这样写道：远行赐予了她生活的勇气，让她看到了生命中不一样的美。

他捧着她的书读了一遍又一遍，看着她那比湖水还要澄澈的眼眸，一个念头在他脑海中没有预兆地跳了出来：一定要去拉萨找到她。

他利用半天就办好了离职手续，又利用半天收拾好了行囊。第二天，他抱着开心来到了机场，这一次他选择的是飞机，因为他想早点看到她。开心第一次出远门，有些忐忑不安，在他怀里哆嗦着，他温柔地抚摸着它说：“不知妈妈还会认得我们开心不？开心呀，见到妈妈要亲热哦！”小狗好像听懂了似的，欢快地叫了几声。

他已经想好了见到她时要说的台词，他要告诉她，没有她的那些日子里，一切都是浮云。

飞机冲上云霄，一会儿便钻入了云层。他轻轻地闭上了眼睛，梦见她就在月牙湖前等着他，水汪汪的眼睛里泛着碧绿的柔波……

木棉树下的爱情

林如，风一样的女子，披肩长发，白净的脸，一双大眼睛会说话。人事局的工作比较轻松，收发完文件就可以偷偷上网淘宝、看小说。最近单位管得紧，聊天、游戏很少，可以静心读一些书。她喜欢张爱玲、杨绛。

今晚，月色皎洁，清凉如水，如一曲舒缓的轻音乐，沿着木棉大道一路流淌。可林如无心欣赏周边的月色，情绪低落得像要滴出水来。这里是林如最熟悉的地儿，木棉大道，又称爱的纪念路，与剑峰五年的爱情长跑就是从这里出发的。不知不觉，林如来到第六棵木棉树下。

这棵木棉树，是林如与剑锋爱的纪念树，藏了太多关于他们俩爱情的秘密。那些甜言蜜语，那些山盟海誓，那些心酸委屈，只有它从头到尾一字不漏地听过，它就像一个忠实的观众，默默看在眼里，记在心里。而这个秘密也只有林如与剑锋知道。

林如抬起头，火红的木棉花齐整地开放，在夜色中好似一团团火苗，在枝头尽情燃烧、欢快跳跃。树枝上还留存着一张张情侣们精心制作的爱情物语卡片，用红色的丝带系着，在风中像一面面小旗帜，飘扬着爱的宣言。

林如在月色下眯起眼，仔细搜寻着，嘿，找着了，那只“红蝴蝶”还是去年结婚纪念日那天，林如亲手系上的。当时，剑锋还唱了《两只蝴蝶》呢。想到这里，林如的心里说不清是甜蜜，还是苦涩。

看表，十一点半了。明明是有家的主儿，林如却有一种无家可归的感觉。调成静音的手机上未接来电足足十二个，都是剑锋打来的，林如故意一个都不接。

这一年，剑锋变了，变得爱猜疑爱吃醋了。林如偶尔与男同事说说笑话，剑锋见了也要生气。比如两人一起去打球，剑锋才打了一会儿便吃不消要休息休息，林如就顺便和旁边一位男士打了一会。没想到，一回家，剑锋大发脾气，说林如眼里只有别的男人，气得林如直掉眼泪。

自此以后，两人像吃错了药，三天两头吵架，大事吵，小事也闹。特别是家里添了电脑后，没有硝烟的战争常常会瞬间爆发。只要看到林如与男子聊天，剑锋就会火冒三丈，哪怕林如与男同事谈工作上的事儿。到最后，林如的邮箱、QQ、微信等，密码都由剑锋设置，林如就像一个透明人，没有一点属于自己的私密空间。更过分的是，剑锋把林如QQ上的男性朋友统统删去了，只剩下清一色的女子。

林如不明白，原先那个自信大度、善解人意的剑锋哪去了。保鲜婚姻，难道只有靠相互束缚、死死捆绑么？

今天，离下班的时间还早着呢，剑锋就来接林如了。林如惊讶地问："你这么早就下班了？"

"不是啊，今天是你的生日，我想早一点等你下班，咱们今晚出去吃一顿。"林如这才想起今天是自己的生日呢。

"这百合是谁送的啊？"突然，剑锋指着桌上的百合问。

林如怔了一下，说："我也正纳闷呢，或许人家搞错了吧。"

"哦。"剑锋没再说什么，但脸上似乎有阴云。

果然，回到家，剑锋为了那束百合跟林如吵了起来，任凭林如怎么解释，他就是不依不饶。林如气得摔门而出。

想到这里，林如无奈地叹了口气。突然，她感觉背后有轻微的脚步声，正向自己移动，她倒抽一口冷气，顿时紧张得汗毛根根直竖。若是遇上歹徒可怎么办？林如开始后悔自己太冲动，不该赌气独自出来，要是能冷静下来和剑锋好好谈谈，起码不会比现在更糟糕吧？林如越想越害怕。

林如加快脚步往前走，后边的人影也加快了移动。刚刚还明晃晃的月亮躲进了云层，周围一片漆黑。林如的心差点蹦到了嗓子眼，黑夜像魔鬼死死扼住了她的喉咙，想喊却发不出声。要是这时候有剑锋在，林如一定不会害怕的。她正要掏出手机，背后那个人影说话了："你好，是林主任么？"

林如诧异地转过脸，停下脚步，影子也停下了。

“对不起，吓着你了吧？我的单位就在人事局隔壁。”

隔壁？林如单位左边是报社，右边是中学。他是？

影子的脸上浮起了笑容，说：“没记错的话，你经常给我们报社投稿的吧，最近常读到你的文字呢。”

哦，报社的。林如紧绷的弦稍稍松懈下来，淡淡地说：“谢谢。”

不知道是第几棵木棉树，反正不太粗，对面男子的气息，在风的传递下都能触手而及。一米八左右的个子，浓密的头发，略有些卷。白色的短袖T恤，胳膊上的肌肉看着很结实。这双手一定很有力，被这双手拥着该很安全吧。林如突然被自己的想法吓了一大跳，赶忙装作咳嗽的样子，从包里掏出纸巾。

“再见。”林如转过身。

“哎——等等。”

林如惊恐地转过身。影子递过来一枚发夹，说：“这发夹是你的吧？你刚才掏纸巾不小心落下来的。”

林如轻轻伸出手去，接住发夹，碰到了他的手。林如觉得那真是一双有力的手。

月亮不知什么时候又露出了脸。月色比刚才黏稠了许多，倾泻在道旁的草丛里，像泼了一地的特浓牛奶。地上一大一小两个人影在移动，忽左忽右，忽前忽后，很清晰。耳边除了风轻轻滑过树梢的声音，还有林如和影子有一搭没一搭的对话。

“这么晚了，一个女子走路不安全呢，以后还是少出来为好。要不，让自己的先生陪着。”

“嗯。”

“不怕你笑话，今晚我和人吵了一架，心里特郁闷，但现在遇到你，感觉好点了。”

“哦。”

“你的小说总是把爱情写得很美，可为何我觉得爱情很残酷呢？这世间真的有爱情么？婚姻真的是爱情的坟墓么？”

林如一脸疑惑地望着他，难不成，他也和老婆吵架了，或者刚刚失恋？

“对不起，让你笑话啦。”

“没。”

行人很少，夜撑开了它的黑色巨幕，地上的影子也模糊了。“或许，夜晚，只是一件黑色的外衣，我们脱下又穿起，是为了适应不同的体温。”林如脑海中蹦出某篇文章里的一句话来。前面有一张双人椅。林如突然有了一种冲动。她鬼使神差地坐了下来。这下轮到旁边的影子惊诧了，走也不是，坐也不是，双脚在地上窘迫地来回蹭着。脚下的树叶发出沙沙的声响，格外刺耳。

“也，也坐会吧。”林如的话有些结巴，四个字费了些力气才说出口。

男子小心地坐在长椅的另一侧，把一条腿搁在另一条腿上，双手一会儿抱胸，一会儿又放下。幽幽的月色已经被夜全部染黑了。天上的星子全躲了起来。久违的幽微而宁静的气息，丝丝缕缕，直入心扉。凉飒飒的秋风，浮游着桂花馥郁的芳香，还有水的气息，爽透而浸心。

林如也将一条腿搁在另一条腿上，伸开双臂把自己搂紧，这样好像在触摸自己的内心，安抚自己的惊慌，又好像找到了一个可以防备外来袭击又不失坚硬的外壳。林如感觉到，男子此刻正在看她，用眼角在看。林如对自己最满意的是眼睛。双眼皮，浓密的睫毛长长的，不需烫就有些卷的。当初，剑锋就是被她的眼睛迷住的。一想起这些，林如嘴角上扬，眼睛里似乎漾起活水来。

“林主任，我很喜欢你的文字呢。”浑厚的男中音终于打破了沉默。

林如浅浅地笑了，说：“你是怎么知道我的名字的？”

“人事局就挨着报社，人事局里的林主任是个美女作家，地球人都知道。”男子的语气像个调皮的孩子。

林如极力搜索以往的记忆，但找不到两人相遇过的痕迹。

“你是报社记者？”

“不是，是编辑，美编。”

林如有些兴奋，她从小就喜欢画画，父亲就是一位美术老师，小时候，常拿着父亲的画笔四处涂抹。小学里还拿过好几次全国金奖呢，只是到了中学因为忙于功课丢弃了画笔 。现在，林如在收藏几米的绘画本。她喜欢几米的绘画和文字，觉得那是一个唯美、纯净的世界。林如把视线又一次停留在男子的手上，想象着那双手研墨、勾勒、着色。林如自己都感觉到眼光有些热辣辣。

林如想，好久没有这样浪漫地坐在月光里了。自打有孩子后，激情渐渐淡化成了一种亲情，两人躺在床上就像一池平静的秋水。最要命的是，林如总觉得自己活在理想的世界里，而剑锋则活在他现实的世界里。两个世界，两条平行线。因此，林如时常有一种压抑感，像一只被关进樊笼的鸟雀。林如承认自己爱剑锋和孩子，也珍惜他们共同筑建的家。可是，家和激情不知从何时开始变成了两码事。林如又想起今晚两人吵架的事来，不经意间又重重叹了口气。

男子弯腰捡起一枚树叶，三下两下地折成了一个漂亮的小风车。还没等林如反应过来，小风车已塞进林如的掌心。

“其实，你和我的未婚妻长得很像，第一眼我就感觉到了。她去年出国了。”

林如抬起头望着男子，男子的眼睛里有一层东西。

“今天晚上来电话说，在那边结婚了，不回国了。我一直很信任她，可……”男子的眼角有湿湿的东西溢出来，双肩在微微颤抖。林如张了张嘴没说出话来。距离，真是难以捉摸的东西。远了，让爱变得遥不可及；近了，又让爱变得不动声色。

“你真的和她像极了。有次路过你单位，我问起过你的同事。”

时间好像停止了流动，变得神秘起来。

“你该回家了，你先生一定很着急了。”男子起身微笑着轻轻说。

手机又振动起来，是剑锋的短消息：“老婆，对不起，我错了。”刚读完，又来一短信：“老婆，你在我们的木棉树下么？我现在就赶过来……”

林如微微一笑，对男子说：“谢谢你，我先生一会儿就来。”

男子笑了，笑得很自然：“好，那我先走了。”

一只蝶翩然飞过，歌声停留在那片鲜花盛开的原野。林如步履轻松了好多，内心也不那么害怕了，不一会儿便又回到第六棵木棉树下。她知道，剑锋一定会找到这里的。

蔷薇蔷薇

她有个好听的名字，蔷薇。人也出落得如蔷薇般水灵漂亮。

第一天面试的时候，蔷薇遇到了他。他是这次面试的主要负责人。运气很好，蔷薇第一个就被录取了。当蔷薇接过他递过来的录取通知书时，内心无比激动，一时竟忘了说声谢谢。

从此，蔷薇就跟他做起了同事，只不过，他是蔷薇的顶头上司。其实，从第一眼见到他开始，蔷薇就莫名地喜欢上了他，喜欢他走路的姿势，喜欢他伏案的背影，喜欢他说话的声音，喜欢他爽朗的笑，甚至他得体的衣着，简单修剪的短发，她都喜欢。那样无遮拦的喜欢，似一泓荡漾的湖水，满满地盈于心田。那时，蔷薇24岁，刚刚大学毕业，他亦不过三十出头，两人都正是踌躇满志的大好年华。

蔷薇知道，他是名牌大学毕业的高材生，是公司董事长一手提拔出来的总经理。还知道，他已成家，妻子是他曾经的同窗，是一个美丽而贤惠的女子，在一所小学任教，他们的幸福令人羡慕不已。但这又何妨呢？蔷薇只是那样默默地喜欢他，不曾奢求什么，更不曾表白什么，潜滋暗长的喜欢，是悄悄流淌的小溪，只有春风和明月知晓，只有青山白云知晓。

暗暗地喜欢他，的确是很美的事情。穿过那片竹林，沿着开满白玉兰的长廊走进办公室，蔷薇心清气爽，步履轻盈，仿佛又回到了草色青青的16岁，满眼都是绚丽的花朵，都是缤纷的诗句。偶尔，远远地看到他高大的身影，蔷薇会驻足在一丛丁香花前，假装那不过是彼此云淡风轻的偶遇而已，直到他跫跫的足音远走，她仍失魂落魄地站在花前，仿佛被一只小蜜蜂刚刚蜇了一下，还没回过神来。

暗暗地喜欢他，有惊喜，有落寞，也有情不自禁的冲动。独自的时候，蔷薇会细心地对镜梳妆，将新衣一件件地换来换去，想着哪一件会让他眼睛一亮，哪一件会让他惊讶失声，所有的辛苦都变成了满怀的甜蜜，她一个人慢慢地品味，像午夜的那杯浓咖啡，点点滴滴都是意犹未尽。

这样的喜欢在蔷薇心里深深扎下了根，正因如此，蔷薇谢绝了爱情。一个人守着一份无言的喜欢，悠然地看花开花落。

有时，蔷薇不禁自问：这样无由头的喜欢，是不是有些自作多情呢？很快，她便摇头否决。喜欢就是喜欢，“才下眉头却上心头”的喜欢，那样明亮，那样自然，欲说还休，仿佛易安女士

《声声慢》，怎一个“情”字了得？

而他，始终带着一副命运在握的自信与从容，以无可挑剔的优秀，走在事业辉煌和家庭幸福的道路上，并不知道蔷薇的那些喜欢与他有关。也许他也感知到了一点点，却没有过多地在意；也许在他眼里，蔷薇不过是一个有些可爱的普通女子而已。他匆匆向前的目光不会停留在她身上。

他近乎冷漠的淡然，非但没能减弱蔷薇的喜欢，反而让她感觉到他的执著与洒脱，感觉到他脱俗的纯正与高雅，她心中的喜欢越发强烈了，夜深人静时分，那些奔涌的喜欢，甚至潮汐一样地撞击心扉，一下又一下，那决堤般的溃败，让她刹那间抛却了所有的矜持与羞涩，像一个任性的小女孩，大声地喊出了那个金子般的字眼——爱！

只是，当阳光洒进小屋的时候，蔷薇又收拢起恣意流淌的爱，甚至连同那些喜欢也一并收藏起来。一脸若无其事地上班下班，一身轻松地逛街、会友、旅游，没人发现她在他面前遮掩的那些喜欢，更没人知道她在他背后那些膨胀的喜欢。

当喜欢的小树，在蔷薇那方不为人知的心田中快速地生长起来，日渐枝繁叶茂时，蔷薇在人们惊讶的目光中消失了。她选择了远走异国，去了沙漠连绵的西部非洲。此时，她已过了三十岁的生日，许多简单的外语单词都交给了遗忘。而他，已成了公司的副董事长，家庭幸福，女儿聪明又漂亮。

从一个陌生的国度到另一个陌生的国度，蔷薇像一只被命运追逐的蚂蚁，辛勤地做义工、做导游、做商人，孤独过，落魄过，也成功过，但她始终是一个人承受着生活里的种种苦辣酸甜，只是把自己的快乐传递给国内的亲人们，从没有提及那些刻骨铭心的痛苦。

西部非洲漫卷的风沙，吹皱了蔷薇的肌肤，却始终无法吹散她心中那沉甸甸的喜欢，她常常不由自主地想起他，想起他令她喜欢的种种的好。尽管她没去打探过他后来的情况，但她相信他一定依然被幸福簇拥着。而这，就足够了。守住自己心中的那份喜欢，只需站在那个美丽的距离上，静静地看着他一天天地走在幸福的路上。无论是与他同在一家公司工作，还是她在异国他乡漂泊，她一直恪守着这样坚定的信条，有些痴得发傻，也有些认真得可爱。

世事无常，蔷薇无论如何也不会想到，一直被命运宠爱的他，也会遭遇人生的滑铁卢，也会碰上足以令其一蹶不振的惨败。那年，他辞去了那家大公司的要职，雄心勃勃地要开创更大的事业。一次不慎的投资，却让他陷入巨大的困境，欠下银行数百万元的贷款。正焦头烂额时，他的妻子又在一次车祸中失去了双腿。

再次四目相对时，蔷薇心里涌过一阵阵的疼痛：真是世事弄人，仅仅是十几年的光景，曾经那个英俊洒脱的他，竟苍老得令人不忍面对了。他的头发有些斑白了，眼神黯淡了，连说话的声音都有些弱不禁风了。

那一刻，蔷薇真想抱住他，大声地告诉他：我一直默默喜欢的人，绝对不是这个样子，绝对不应该是这个样子。然而，蔷薇最后只是淡淡地勉励了他一句：我相信你会站起来的！

不久，蔷薇把这些年来所有的积蓄都拿给了他，做他东山再起的资本。起初他坚决不肯接受，蔷薇便说算是暂且借给他的，他什么时候发达了再还给她就是了。他不解地问蔷薇为什么要这样？她仰起头来，只轻轻地回答了两个字——喜欢。

喜欢？望着蔷薇盈满深情的双眸，他语塞，一时无法读懂那重若千钧的两个字。

是的，那横亘岁月的内涵丰富而又寻常的两字——喜欢，在蔷薇的心头萦绕了这么多年，她都无法清楚地解释，他又怎么会陡然明了呢？

时光琥珀

1

这是十二月里最寒冷的一天，阴沉沉的天空，似乎堆积了一层厚厚的冰。暴戾的西北风扯着嗓子不停地在耳边吼。

我一边诅咒着鬼天气，一边捂紧衣领，加快步子往学校跑。冷不丁，一辆电瓶三轮车挡住了我的去路。抬起头，刚想发怒，却看到一张似曾相识的脸。他朝我微笑着，古铜色的脸上有一颗大大的黑痣。这颗黑痣一下子唤醒了我的记忆，他是我的同学向辉，我们从小学到高中一直是同班同学。

向辉是我们公认的学霸，高中三年，各科成绩一直名列前茅。班主任也多次说他上一本不在话下。可是，谁也没有想到，高考前夕，他的父亲出车祸身亡，母亲深受打击，卧病不起。这一飞来横祸令向辉悲痛欲绝，原本阳光乐观的他一夜间像换了个人似的，从此无心复习，高考落榜。

结婚后，向辉开始学做生意。然而生意场上风云莫测，向辉非但没赚到钱，反而亏得血本无归。他又一次深受打击，一度患上了抑郁症，差点离婚。

向辉的遭遇令我们扼腕叹息。

再看看眼前的他，我依然掩饰不住惊诧的表情。一身深蓝色卡其布工作服，上衣袋口处贴着“某某电器”的标志，三轮车上载着一台电视机。

“你在某某电器上班？”我疑惑地问。

“嗯，送送家电。”他不好意思地挠挠头笑了，露出两颗大门牙，一双小眼睛眯成了一条线。

“你现在生活得怎么样？”我忍不住想问问他。

“很好啊！每天能挣百把来块，一个月三四千呢！”

“哦，那你不做生意了？”

“不是每个人都适合做生意的。”向辉一脸灿烂，若刚才还有一丝自卑的话，这一刻已荡然无存，“我喜欢现在这个工作，自由、舒心，一路都有看不完的风景。要是高兴，一路哼哼小曲儿，唱唱歌，小日子就像流水哗啦啦过去了啊……”

我真替他高兴。上帝为他关上了一扇门，但为他开了一扇窗。

寒风中，我们俩一左一右站着，饶有兴致地聊起了学生时代那些事儿，其中有一件事一直到今天仍令我感慨万分。

2

向辉一直喜欢班里的“小百灵”余小英。余小英人长得好，歌唱得更好，经常在各类歌咏比赛中一展歌喉。起初，大家都不知道向辉喜欢余小英，连我这个同桌也不知道。后来，有一次，向辉问我借《红楼梦》，在我的逼问之下才偷偷告诉我的。因为，我知道那时的向辉非常喜欢打篮球，喜欢到简直着迷的境地，根本没有心思去读书的，更何况像《红楼梦》这样比较难啃的巨著。

向辉向我透露，他看《红楼梦》是因为喜欢余小英才看的，因为余小英最喜欢看《红楼梦》，而且她都看了三遍了。为了能跟余小英聊《红楼梦》，他不得不忍痛割爱，放弃篮球，恶补《红楼梦》。

向辉还告诉我，他和余小英是邻居，打小一起用尿和泥巴玩，长大后一起上的幼儿园、小学、中学，一直同班，有时还是同桌。所以，不知不觉中，有些好感变成了情愫，虽然不知道这算不算喜欢，是不是爱，但挂念是真的。

我虽然觉得好笑，但还是被他那种阳光淳朴直率打动了。我甚至甘愿充当起了他和余小英之间的联络员，经常为他们传话捎信。那时候，我不怎么懂爱情，但我依然真诚地希望他俩能在一起，就像兄弟姐妹那样在一起。

初三第一学期，学校组织学生参加全国中学生作文大赛。虽然初三搞文学是没什么意义了，因为马上要面临中考。但是，校长宣读了一个中考加分的文件，说只要在全国或者省级大赛中获等级奖的话就可以加分。这个消息公布后，初三大部分同学都跃跃欲试，纷纷报名参加，但向辉和余小英都没有报名。

班主任找了向辉和余小英，问他们为何不争取这样的好机会。向辉调皮地说："我的语文逻辑能力、文字组织能力没问题，可我书读得太少了。"余小英害羞地说："我书倒看得不少，但文字驾驭能力不行。"

班主任看看向辉，又看看余小英，突然扑哧一声笑了，随即开玩笑地说："你们俩要是能互补一下就好了。"

说者无心，听者有心。向辉琢磨着，虽然加分不多，但这只要花费一篇作文的时间，比起中考来要做一些不在实际把握的题可是容易得多了。于是，他就做起余小英的思想工作，劝她跟他一起报名参加。

余小英还是有些犹豫，虽然自己看了很多书，但不知道怎么了，写和看始终是两码事。

就在作文比赛前几天，也不知道向辉是从哪里弄来的消息，他心急火燎地找到余小英，告诉她："知道我们一中有保送高中的名额吧，听说校长已决定，这一次作文比赛能够获得全国第一名者，就可以不用中考，直接在考试前拿到通知书啦。"

余小英被向辉说得心动了，但说到最后还是下不了决心。向辉朝着余小英拍了拍胸脯说："参加，我们一起参加！你放心好了，有我呢。”

3

两人开始积极准备作文比赛。

对着空白的A4纸，余小英抓着笔很沮丧，说：“平时看的书都白看了，一个字儿都写不出来，怎么去参加比赛呢？”

向辉笑着安慰她：“那你就模仿看过的书写呗。”

余小英疑惑地说：“这不是变相抄袭吗？可是全国比赛，要是没实力，再怎么弄也是瞎弄。”

向辉挠了挠头，说：“这样吧，我教你写作吧，还有一个月交稿，中考还有三个月，来得及。”

余小英终于放下包袱，答应了向辉的建议。

此后，我经常发现向辉在课堂上看一些关于如何写作的书。我很好奇，问他怎么研究起写作理论来了。他悄悄告诉我，他是不用担心比赛，但要他讲怎么写文章，他是讲不清的，所以看看作家怎么写，再告诉余小英怎么写。他让我千万要替他保守秘密，看着他认真的表情，我一口答应了。

就这样，午后的日子，夕阳的傍晚，我经常看到教室里两个坐在一起埋头写作的身影。也就是从那时候起，全班同学都知道向辉喜欢余小英。

比赛前一个星期。

同学们都开始写作，向辉和余小英也不例外，还有一个星期的修改时间，到了星期天，就要以学校的名义投稿。

第三天，余小英把稿子交给向辉，她本写不出来什么，如此纠结不如早早了事，反正觉得怎么弄也是白弄。

交稿的事情就这么过去了，大家又开始复习，中考还有两个月。

交稿后的一个月，传回消息，余小英和向辉杀入全国五十强，这就像一个重磅炸弹，一下子就在学校炸开了。

班主任感到十分惊诧，这向辉厉害也就算了，余小英怎么也厉害起来了？他当然不知道，有向辉苦心指点一个月的写作心得，再加上向辉自己为她修改的稿子，怎么会没有进步呢？

得知这个消息后，余小英激动得哭了，这是她头一回取得如此好的作文成绩。她真诚地对向辉说了一句话："向辉，谢谢你。"虽然短，但如徐徐清风，萦绕在向辉的心头。

作文比赛的最终结果还没有出来，同学们都已重新投入到紧张的中考复习当中。大家都明白，都是要参加中考的考生，作文写得再好又怎么样？考得上高中才是王道，最后中考成绩才是真有用。

但半月后，就在中考前几天，全国作文比赛的最终名次揭晓了。

这次，校长也感到不可思议，因为我们第一中学取得了骄人的成绩：余小英获得全国第一名，向辉获得全国第二名。

整个学校一下子沸腾了，一个学校竟然在作文比赛中占了两大名次，这可是我们一中史无前例的呀。

余小英也不敢相信这是真的，直到向辉将获奖证书摊在她面前，她才如梦初醒。她流着泪问向辉：“这是怎么回事，我怎么就第一了，明明写得那么烂？”

“天赋，”向辉笑着说，“你有无与伦比的天赋。”

第三天，中考前两个星期，保送名额公布，余小英获得了保送资格，一张红色的录取通知书格外耀眼夺目。

而向辉参加了中考，最后也顺利考取了高中。只是很可惜，他和余小英没有分在同一个班，而且高三的那场车祸彻底改变了向辉的一生。至于他和余小英之间的故事后来是如何发展的，最后结果如何，我也不知道，也没有忍心去问过向辉。向辉也从来没有跟任何人说起过。

一段清纯感人的记忆就这样被尘封在光阴里，成了一枚晶莹的时光琥珀。

4

阳光下，一根羽毛被风轻柔地托起，在尘埃里悠悠地飘着，无拘无束，那么轻盈，那么曼妙。纵然不是飞鸟，飘浮的姿态却要比一只鸟更像是飞行。

如此美妙的镜头令我再一次仔细打量起眼前的向辉来。

真没想到，他把一路送货竟然当成了沿途看风景，而且想唱就唱。在他看来，只要自己愿意，脚下就是宽阔的舞台；只要自己快乐，前方就是春暖花开。

突然很羡慕他的风尘仆仆，还有他沉甸甸的生活。他就像一根小小的羽毛，有着尘埃落定的淡然，在阳光下，在清风中，自由地飘荡。没有人喝彩，却飞得如此漂亮。

而我们的生活多么轻啊，就像云上的日子，轻薄地让人找不到方向。只能在头脑里陷着，四肢慢慢退化，无知无觉。以至于那些原本可以盈手一握的小幸福，就像流水一样从指缝里流走了，剩下的都是叹息，是埋怨，是愤怒，是永不满足。

我们习惯了在时光的流里奔跑、追赶，每一次都是匆匆复匆匆，即便受伤，也要佯装着坚强。什么是“慢”，什么是“淡”，从来没用心思去想，更没有时间去体验。与那根羽毛比起来，我们何尝不是一只呆鸟啊！

原来，即便是一根单薄的羽毛也会幻化成生长在你内心的翅膀，飞向你愿意抵达的、理想而自在的地方。

与向辉告别，转过身，我已泪流满面。我为那段青春不一样的爱恋而落泪，更为那个历尽坎坷不服输的真汉子而落泪。有些路，只能一个人去走。但愿他，永远像一根羽毛那样轻盈地在空中翩跹，舞出属于自己的美丽风采；但愿那枚晶莹的时光琥珀，永远那么熠熠生辉。

美好不改初心

1

高考终于结束了，小薇在床上躺了足足一周。不是边看电视剧边吃东西，就是蒙头大睡，有时睡得昏天黑地。筋疲力尽的她仿佛刚结束一段艰苦漫长的旅程，跋山涉水从遥远的地方归来。

小薇是单亲家庭的孩子，父母在她上小学一年级的时候就离婚了。她随爸爸生活，爸爸常年在外地打工，只好由患眼疾的奶奶照顾。

年少的小薇很内向，但很懂事，放学回来总是帮奶奶干家务活，洗衣、洗碗、做饭，她都样样抢着做。到小学五六年级，小薇已经反过来照顾奶奶了。

在学校里，小薇总是受到调皮男生的欺负。那些男生喜欢做恶作剧，不是藏了小薇的书，就是在她的书本上乱涂乱画，有时还要当面取笑她是个没娘的丫头。小薇每次都默默地掩面而泣，既不敢跟老师说，又不敢跟奶奶提起，她不想让奶奶为她担心。

有一个男孩子，总是在小薇流眼泪的时候轻声安慰她，有时还偷偷塞给小薇几粒糖。那个男孩子也是比较内向的，很少见他和其他男生玩，常一个人静静地坐在位置上看书。那个男孩就是小薇当时的同桌，名字叫肖海洋。

有一次，小薇的语文书不见了，而语文老师已经迈进了课堂，小薇急得直掉眼泪。肖海洋连忙将自己的语文书递给了她，当语文老师看到肖海洋桌上空空如也时，十分恼火，当场让他站到了黑板前，并狠狠批评了一顿。那天，肖海洋在黑板前整整站了一节课。

事后，小薇歉疚地跟他说对不起，自己不该连累他的。肖海洋听了连连摇头，说这没什么的，男孩子的脸皮厚着呢。那次，两人破天荒的说了好多话。肖海洋还告诉小薇，他的父母也是离异的。或许是同病相怜吧，小薇和肖海洋渐渐成了无话不谈的好朋友。小薇一遇到什么困难，肖海洋总会想方设法帮助她。

到了六年级，那些原本调皮的男生似乎突然一下子变得懂事起来，他们不再故意捉弄小薇。肖海洋也仿佛变得开朗了许多，经常会跟小薇说一些笑话，逗小薇开心。小薇脸上的笑容渐渐多了起来。

小薇知道自己跟大家不一样，她发誓一定要好好学习，将来出人头地。因此，到了五六年级，小薇的成绩直线上升，每次考试都是名列前茅。有几个女生开始妒忌她，在背地里说她的坏话，还让其他一些同学不要理小薇。虽然有肖海洋的劝慰，但那段日子真的不好过，每当夜深人静的时候，小薇总是躲在被子里偷偷地哭。但第二天醒来，小薇又是满身充满了鸡血，她不甘心，她要拼命读书。她始终记得班主任老师说过的话，唯有读书才能改变自己的命运。

果然，小薇以优异的成绩考上了县中。她终于离开了那个让她又爱又恨的小镇，成了县中的寄宿生，开始了一段新的旅程。

小薇唯一感到有些遗憾的是，肖海洋没有考上县中，只能在乡中读书。

2

来到县中，一切都是新的，校园那么美，教室那么大，老师那么和蔼，同学那么热情。小薇对自己的未来充满了信心。

她开始更加用功地读书，每天早读都是第一个来到教室，每天放学又是最后一个离开教室。功夫不负有心人，在各门功课的测试中，小薇一直处在年级组前五名。这时候的小薇也出落得更加水灵了，老师和同学们都很喜欢她。尤其是班上的男生，都喜欢在背地里叫她女神。小薇听到这个称呼当然高兴，但表面上依然不动声色。

一天散学前，小薇整理书包的时候发现桌肚里有一封信。她疑惑地拆开一看，竟然是班上的体育委员宏宇写给她的，信上的抬头称呼就是女神。小薇的脸一下子热了，心慌意乱地还没看完信就往书包里塞，生怕被别人发现。

回到宿舍，小薇也没敢拿出来再看，因为室友们都在呢。后来，这封信不知道被小薇夹到哪本书里了，反正再想要看时却怎么也找不到了。小薇仔细回想了下，大致记得信中写了这么几句诗句：你是一朵轻盈飘逸的白云，你是一朵淡雅芬芳的茉莉。有人喜欢你的舞姿，有人喜欢你的芬芳，但我只喜欢你那澄澈深情的眼神。

后来，小薇又陆陆续续收到过宏宇以及其他男生的小纸条，但她都当做没发生一样，将那些纸条细心地压在一本厚厚的书里。有时，小薇会想起肖海洋，想他如果也在这个班上，会不会给她写小纸条呢，会不会写出更加优美别致的诗句来呢？想到这里，小薇嘴角轻轻上扬，眼前浮现出肖海洋眉清目秀的样子来。

小薇有几次回小镇看奶奶，很想能遇到肖海洋，但都没有。有一回，奶奶主动说起肖海洋，说这个孩子很争气，在乡中成绩好着呢，经常考第一名。但说到最后，奶奶还是不由自主地叹了一口气：“唉，也是一个苦命的孩子。”小薇听了泪水涟涟。

三年的初中生活一晃而过，相比于小学，小薇觉得过得很开心。而最让她感到骄傲的是，她以总分第一名的成绩考上了县高中。小薇感到离自己的梦想越来越近了。她在日记本上写道：“小薇，加油！为你的梦想而战吧！”

那个暑假，小薇意外地遇见了肖海洋。阔别三年，肖海洋个子明显高了很多，但依然很清秀。问及中考情况，肖海洋的脸红了，他说："听说你是中考状元呢，祝贺你！我呀，勉强考上了县中。""啊，真的吗？太好了，太好了！"小薇眼睛一亮，激动地差点跳起来。肖海洋笑了。

3

开学那天，小薇拉着肖海洋迫不及待地看分班公布情况。很遗憾，两人不在一个班。小薇分在一班，肖海洋分在二班。小薇有些失望，肖海洋逗她："一班和二班就隔一堵墙呀，如果你回答问题的声音响亮些，我都能听见呢。"

高中的课程更加紧张了，课间都很少有休息时间。虽然两人在隔壁教室，但见面的机会不是很多。原本想两人一起去食堂打饭吃，但两班的老师都喜欢拖课，不是你早了，就是我晚了。只有晚自习前有一小段空余时间，但肖海洋从来不主动找小薇，他不想让小薇分心，以免影响她的学习。小薇原本就矜持，所以更不会主动找肖海洋。但她知道肖海洋就在隔壁，所以心里特别安心。两人就这样各自默默使着劲儿，拼命地读书。

然而，天有不测风云，高二的时候，小薇爸爸患上了重病，再也不能外出打工了。小薇的学费只能靠做缝衣工的奶奶一针一线地赚回来。奶奶原本就有眼疾，再加上年事已高，怎么能承受得了服装厂没日没夜的加班呢？小薇看在眼里，疼在心里，她决定自己挣学费。她偷偷地利用午休时间和双休日为一餐厅打工。

肖海洋知道了这件事儿，跑到小薇班主任跟前，向老师一五一十地介绍了小薇的家庭情况，让老师帮帮她。小薇班主任听了很是感动，她对肖海洋说："放心，我们一定会帮她度过这个难关的。"小薇班主任将小薇的事向校长做了汇报，校长也被深深打动了，说这么优秀的孩子，学校一定要伸出援助之手的。后来，校长为小薇申请到了一笔助学金，解决了小薇的燃眉之急。小薇感动得痛哭流涕，发誓一定要好好读书，用优异的成绩来报答学校给予的帮助。只是，小薇永远不知道肖海洋为她所做的那些事。

自此以后，小薇一门心思都扑在学习上，偶尔遇见肖海洋，两人也只是简单地聊几句，诸如饭吃了吗，考得怎么样之类的话，有时就是点点头问个好。令人欣喜的是，两人的考试名次经常很接近，不是小薇靠前一点，就是肖海洋靠前一点。

高考终于来临，小薇似乎有些紧张。肖海洋遇到小薇总要鼓励她一番："别担心，就像平时考试一样，相信自己没错的！"

小薇终于昂起头，挺起胸，自信满满地走进了考场。

4

高考第八天，天一亮，小薇就被好朋友方婷给拖了出来。方婷和小薇是一个宿舍的，两人从高一起就成了无话不谈的好朋友。

一直躲在屋里的小薇，抬头看天空，蔚蓝蔚蓝的，那朵朵棉花似的白云都堆成了小山。小薇伸直双手，贪婪地吸了一口气。

路过麦当劳的时候，里面走出一群人，方婷丢下小薇迎了上去，看样子，是她的朋友。

盛夏的正午，阳光很毒辣，不一会儿，就已经让人很不舒服了。小薇看了看方婷，仿佛没有要走的意思，心里更烦躁了些。突然，小薇瞥到人群中有一个熟悉的身影。她定睛一看是肖海洋。她刚想跑过去喊他，但立马又刹住了脚步，然后躲在街角处，远远地看着他们。不知道肖海洋跟方婷凑在一起说着什么，一边说一边看看手机又抬头看看大家，余光好似朝小薇这边瞥了一眼，却没有发现她。

肖海洋和其他一些人朝街对面走去，方婷刚转过身，小薇就一个箭步冲到了方婷面前。她指着方婷笑嘻嘻地说："刚才遇见谁啦，你的男神？"

"啊，男神？对，对，是男神哦。"方婷先是有点纳闷，但立即就醒悟过来了，捂着嘴巴哧哧地笑。

方婷故意吊小薇胃口："哈哈，你想知道是谁吗？"

"我才不稀罕呢，管他是谁！"小薇撇了撇了嘴说。

"哼，口是心非。"方婷白了小薇一眼说。

小薇没有声音了，自顾自地向前走去。

"好了，好了，生气了吧，告诉你，是隔壁班的大神肖海洋。"方婷追上来说。

"肖海洋，他找你干吗？"小薇停住脚步。

“这个，这个是秘密……肖海洋让我替他保密的。”方婷看着小薇，神秘兮兮地说。

“不说拉倒！”小薇真有点生气了。

“好，好，看在三年同宿舍的份上，我告诉你，可你要答应我，别说是我告诉你的啊。”

“我答应你，保证不说。”小薇拍着胸脯，笑得花枝乱颤。

“有人要给你过十八岁生日啦！”方婷凑在小薇的耳根前小声说。

“啊，谁？”小薇吃了一惊。

“肖——海——洋！”方婷说得好大声，路上好几个行人都不约而同地回转头来看。

小薇愣在一旁，恍惚中想起小学毕业前，他曾偷偷塞给她一张同学录，上面有好看的花瓣图案，旁边似乎还有一行小诗。小诗的具体内容，小薇已记不得了，她只记得那张同学录是粉色的，她后来在这上面画了一个爱心，一个善良美丽的公主，还有一个英俊潇洒的王子。小薇将那张同学录一直夹在书本中，泛黄的纸张透着一股淡淡的花香。

每次看到这张纸片，小薇就感叹不已。虽然在最美好的年华里陪伴过对方，却遗憾大家都已经长大。在这个必须习惯别离的人生里，大家都变成了匆匆过客，踩着落叶一路风尘，赶赴各自的命定之约。然而值得庆幸的是，肖海洋始终在她的不远处。

5

十八岁生日来临了！

这一天，肖海洋请来了小薇最要好的几个同学。没有鲜花，也没有烟花，但有一个大蛋糕。插上蜡烛，要许愿了，小薇双手合十，默默祈祷，祝愿奶奶身体健康，祝愿自己心想事成，最后祝愿肖海洋能和自己喜欢的女孩在一起。一想到这点，小薇的脸不禁有些发热。还好，大家都没注意到她。

除了蛋糕，肖海洋还送给小薇一件非常特殊的礼物——一本厚厚的生日祝福帖。原来，肖海洋预先找到小薇的同学们，让他们分别给小薇写上一段祝福的话。读着同学们的祝福，小薇热泪盈眶。还有什么比这样的礼物更珍贵呢？

这一天，小薇幸福得像个公主，蛋糕吃了一口又一口。的确，从小到大，她都没有过过如此隆重的生日。她永远也忘不了这一天。

那天夜里，小薇从书架里扒出些笔记本，被阳光照着的一侧有些已经发黄，大大小小有7本，款式不一。笔记本中记下的是她每一天的心情。时间就是这么过去的，竟还有一件事能坚持这么多年。重温那些心情文字，恍惚时光又回到了从前。其实，那些文字里时常有肖海洋的名字，虽然小薇换过很多个笔名，也有过很多种兴趣，却只喜欢写下肖海洋这个名字。而这样多的回忆，多年来似乎都只是冰冷地在她墨迹不明的纸张里，没有听众，没有读者。

高考后的暑假结束了，同学们都要奔赴各自的大学深造去了。肖海洋如愿考到一所知名大学的汉语言文学专业，而小薇也考上了心仪已久的另一所知名大学，学的是物理学专业。

小薇每周都会收到肖海洋写的诗歌，有情诗，也有其他的诗歌。舍友都羡慕她有一个会写诗的男朋友。寂寞的时候，小薇总会拿出肖海洋的诗来读，读着读着，仿佛肖海洋出现在她眼前意气风发地说："诗酒趁年华，海角到天涯。"

"美好不改初心。我们的人生或许才刚刚开始，且行且珍惜。"小薇动情地给肖海洋发去了一条微信。

肖海洋马上回复："让我牵起你的手，相约美好的未来！"末尾还加了一连串的红心表情。那不是红心，那分明就是一颗珍贵的"海洋之心"啊。

因你，爱上了那片海

1

落日的余晖洒在海面上，一半金黄，一半殷红。

远处，捕鱼的船只鼓着风帆，浩浩荡荡地向岸边驶来。近了，近了，她踮起脚尖，不由得按住了胸膛，仿佛一颗心激动得就要飞出来似的。浪头一层又一层地涌过来，一朵朵雪白的浪花瞬间在她的眼前绽放。

今天早晨，她第一次亲自送他出海。踏上甲板前，他突然回过身，俯在她的耳边偷偷说了一句让她面红耳赤的话：“别担心，我早点回来。你焐好热炕头等我哦！”她的心头不禁涌起一股暖潮。过了好久，她才回过神来。远方，他和他的船只剩下了小小的影子。

今天，是他们结婚五周年的纪念日。

她记得和他过的每一个结婚纪念日。他们的纪念日与别人不一样，没有玫瑰，没有蛋糕，也没有什么特别珍贵的礼物。在这一天属于他们的日子里，他会带着她来到海边野炊。他搭灶，她生火；他炒菜，她添柴；他头上冒汗了，她替他轻轻拭去汗珠；她腰酸背疼了，他替她轻轻按摩。不管做什么，无需言语，两人都配合得十分默契。

吃完饭，他们依偎着坐在石头上，静静地看潮涨潮落，看海鸥追逐浪花。

退潮了，他拉起她的手，在沙滩上奔跑跳跃，就像两个永远不老的孩子那样。她会在沙滩上写下“X周年快乐”的字样，然后看着潮水一点点漫上来，直到将字全部浸湿推平。

有了孩子后，他们就带着孩子一起来。这时候，欢声笑语更多了。孩子在前面跑，他和她在后面追，他们就像三只快乐的风筝，在大海边自由自在地飞呀，飞呀。沙滩上留下了他们一个个深深浅浅、大大小小的脚印，就像一串串快乐幸福的音符。

今天，原本他是留在家里跟她庆祝的，可是他的同伴临时有要紧事，上不了船，让他代替一下。他是个热心肠的人，觉得同伴第一次开口不好回绝，便一口答应了。

她时刻都在关心着天气预报，今天的风浪有些大，临近中午的时候还突然下起了暴雨，她心里很为他担心。幸亏，暴雨只下了一小会儿，到了下午三四点左右就出太阳了。她长长吁了口气，心里也安定多了。想到他临走时吩咐的事儿，不禁脸红到了脖子根。

刚到五点，她就迫不及待地来到码头边等他了。如此牵肠挂肚的感觉，似乎又让她回到了恋爱的旧时光。

2

“我是吃咸水长大的。”第一次见面，他风趣地跟她说。

她看着眼前的他，浓密的黑发，黝黑发亮的肌肤，健壮的肌肉，无一不显示着他的健康和活力。他自豪地告诉她，他家祖祖辈辈都是渔民，跟海打了一辈子交道，如今，接力棒传递到了他的手里。

“你喜欢海吗？”他目光热切地盯着她。

“喜欢。”她害羞地低声回答道。是的，她原本就喜欢海，现在遇见了他，这种喜欢就更深厚饱满了。

他顿时眼睛一亮，动情地握住她的手，说话却变得结结巴巴起来，他说：“那，那跟我一起去看大海吧！”

从那一天起，他们就走到了一块儿。她当然见到了心心念念想着的大海。

然而，喜欢大海与在大海边生活是完全不同的两码事儿。海边小镇的空气里满是湿湿的咸熏味，捞一把几乎能挤出盐粒来。细皮嫩肉的她哪里能吃得消，没过几天便开始皮肤过敏，脸又红又痒，任何化妆品都不敢往脸上抹。出门，她只得用头巾包住脸。

她跟他抱怨，说再这样下去，她的脸要毁了。他安慰她，习惯了就会好的，是有个适应过程的。再说，无论你丑与美，都是我的宝贝。还真被他说中了，过了一段时间，皮肤过敏自然就好了。只是晒黑的皮肤再也回不到从前白皙的样子了。

一波刚平，一波又起。那就是餐桌上的各种生猛海鲜令她望洋兴叹，她实在吃不惯这些。勉强吃了，还要闹肚子，有一次上吐下泻得很厉害，在医院挂了七天水才止住。从这以后，他都会另外给她做菜吃，凡是海鲜，也都煮熟了吃。她懊恼地说自己真没有口福，他则笑着说："你是吃得优雅，吃得文明呢。"

其实，这些都不重要，忍一忍便过去了，可还有一样东西就不怎么好忍了。那就是这里的方言，平日说话，人家一张嘴便是叽里呱啦的方言，要比日语还要难懂。尤其是跟年纪大的人交流，对方又不会说普通话，只好耐着性子拿出手来比画，直到对方听懂为止。有几次，幸好有他在身边做翻译，才没有闹出笑话来。有时候，她静下心来想，自己的决定是不是太草率了，是不是自己真的不适合在大海边生活。

好在有爱情。爱情是滋润干涸的心灵的温泉。在他的精心呵护下，她渐渐适应了海边的生活。若不是刻意辨认，戴上蓝印花布头巾的她，俨然就是本地的渔家妇女。白天，他出海捕鱼，她和大婶姐妹们一起修补渔网；夜晚，她枕着他的胳膊，静静地听他讲出海的惊险与收获。

日子开始变得波澜不惊。

一年后，他们有了美丽可爱的女儿。他们给女儿取了一个好听的名字：海花。意思是大海上开出的美丽之花，当然也是他们的爱情之花。

3

就在女儿三岁那年，他出海捕鱼的那条船遇到大风浪翻在了海里，船上一共有五人，其中两人失踪了，而他和另外两人都不同程度地受了伤。

得知他们的船出事了，她急得坐立不安，饭都吃不下，眼巴巴地站在码头边等着他们的船回港。他终于回来了，她紧紧地抱住他，说以后再也不准许他出海了。只要不出海，随便做什么苦力都行。

他在家休养了一个多月。这一个多月里，她一个人忙里忙外，伺候他吃喝拉撒，毫无怨言。相反，她觉得从没有过的安稳，每天醒来便能看到他，每天能和他一起吃饭，一起散步。她觉得日子就这样过也很好。

可是，男人的心里不是这样想的，他要出去打拼，为了他们的家，为了孩子，为了让她过上好日子。他在床上躺不住了，心里总是牵挂着何时能出海捕鱼。她看出了他的心思，狠狠地说，别再动那个脑筋了。再苦再累，也不许你出海了。

两个月过后，他彻底痊愈了。他跟她哀求道："让我出海吧，离开了船，离开了大海，我就像一条死鱼，我甚至都闻到身上腐烂的味道了。我向你保证，我一定会小心的。”说到动情处，他竟然落泪了。软心肠的她又怎能敌得住男人的泪水呢，便勉强同意了。

他又回到了船上。而她又过起了那种提心吊胆、等待复等待的日子。这样的日子，一过就是五年。其间的甜酸苦辣，只有她自己知道。这五年来，她的两鬓增添了多少根白发啊。

一次回到父母居住的小城，她妈妈看着她憔悴的样子，突然泪流满面。妈妈指着她的白发说：“这么辛苦，何苦呢？要不想个法子，在这里买一套房，再重新找个工作吧。”

她哽咽着说：“孩子爸肯定不会同意的，让他离开船就等于要了他的命。”

妈妈问她：“那你后悔不？”

她抬起头，疑惑地反问道：“后悔啥？”

“傻丫头，后悔嫁给了他呀。你看，要不是他，现在你应该也平平安安地生活这个小城里了，离我们又近，多方便。”

“我不后悔，从来就没后悔过。”

“傻丫头。”她妈妈心疼地看着她，深深叹了一口气。

在爱情面前，大多数人都会变得傻吧。她在心里默默地说着。

4

他是个有想法的人。他和她商量，与其替人打工，还不如为自己干。她想想他说得有道理，便问他怎样才能给自己干，他说贷款买一条船，然后雇几个渔民一起干。

起初，她有些犹豫，后来，听他细细分析前景，便答应了他的贷款要求。就这样，他们拥有了一条属于自己的船。因为他人缘好，跟着他干的人很多，就这样，他们的收入也越来越多。没过几年，他又买了一条船，同时还收购了一个很大的冷库，海鲜生意十分红火。

自从有了两条船和冷库，他出海的时间便少了，除非遇到特殊情况才会亲自出海。她很珍惜和他在一起的每一天，每一分，每一秒。

他常在嘴里念叨，等他们的女儿海花长大了，一定要让她读渔业经济管理专业，这样以后就可以女承父业，替他们好好干一番事业了。

她笑他："女儿才六岁，你就等着盼着吧。"

想到这里，她一个人笑出了声。突然，一阵汽笛声将她的视线重新拉回到现实。她抬起头，前方正有一条船在向码头这边靠拢。她一下子兴奋起来，那站在船头的不正是他吗？回来了，终于平安地回来了。她连忙摘下脖子上的丝巾朝他挥舞起来，他也看到她了，伸出手朝她挥手致意。

船越来越近了，她能看清楚他的脸的轮廓了。许是受了海风和雨水的蹂躏，他的脸黑黑的，然而那双眼睛依然炯炯有神。

他大踏步从船上走下来，然后微笑着向她走来。这时候，她顾不得他人的目光，一头扎进了他的怀抱，就像初恋般那么柔情蜜意。他拥着她，好久好久，两人都不说话，都在贪婪地感受着对方的气息。

分别一天，怎么就像分别了一年？事后，她故意问他。他调皮地说："古人一日不见如隔三秋呢，你才一天啊？"

"啊，呵呵，你也太贪心了吧。"她嗔怪道。

"哈哈，傻丫头！"他爱怜地抚摸着她的秀发，轻轻为她拔去了几根白发。

这次结婚五周年纪念日与往日不同，因为他们错过了去海边的机会，但是他们在自己温馨的小屋，炒了几个小菜，点起了几支蜡烛，吃了一顿烛光晚餐。

入夜，他们相拥着，进入了甜蜜的梦乡。她曾说过，这样的美梦最好一直做着，不要醒来。

后记

人到中年，我以为在快马加鞭的嗒嗒马蹄声中已经将青春遗忘在蒙满尘埃的角落。可是，当无意间整理出两本厚重的相册，当那一张张烙着时光印记的照片跌落眼底时，“青春”这个词又无比明媚鲜亮地跳了出来。瞬间，空气中到处弥漫着青春岁月特有的青涩、甘醇与芬芳。

原来，青春，是谁也绕不过的一道坎，忘记也好，铭记也罢，它始终都在那里；青春，是一首年少轻愁的诗，仄仄平平是懵懂的爱情注脚；青春，是一席华丽的袍子，一不小心便爬满了虱子。我们只顾贪恋着自己的内心，却无暇去顾及对方心灵深处那个柔软的角落。当我们幡然醒悟的时候，已是青藤满墙，岁月渐老。

在这苍茫的人世间，满天星光，草木青了又黄，生活是多么简单的幸福。16岁，17岁，十八岁……像诗一般美好的年纪，光阴像是被点了亮粉，洒了香水，无论铺展在什么地方，都那么耀眼夺目，沁人心脾。难怪宋人王安石也赞道：“少年见青春，万物皆妩媚。”

想起看过的那些关于青春的电影，依然怦然心动。《左耳》中有一句比较经典的台词：“爱对了是爱情，爱错了是青春。”青春，注定会跟爱情缠绕在一起。故事从一开始就是误会，一个大人之间的误会，牵扯到了他们的下一代，令那些原本单纯无瑕的心灵受到了伤害，最终改变了他们所有人的青春。

我认为爱得最深的人是小耳朵李珥，伤的最深的人也是小耳朵，虽然她的感情表达不像吧啦那样明显，敢爱敢恨，但这或许是青春的另一种形式，好孩子的内心，好孩子的青春，对自己周围所有的朋友始终是那么真诚友善。她就像一株静默的植物，在一次又一次的伤害与受挫中得以锤炼，继而内心渐渐强大起来。纵然有欢笑，也有泪水，但让懵懂的孩子们迅速蜕变成长，绽放出了最艳丽绝望的青春之花，这或许就是成长的代价吧。

青春，是那么一群人的，故事中的他们在一个小城里演绎着自己的故事。他们的青春或多或少都有我们的影子。或许你会像小耳朵，像尤他那样一直暗恋着某个人；你也可以像吧啦，像黑人那样把自己爱的人说出来，大胆地去追求。总之，看他们的青春，回忆的还是我们的青春。

青春是打开了就合不上的书，人生是踏上了就回不去的路。诚然，处于青春期的我们年少无知又轻狂，甚至觉得青春苍白单薄，乏善可陈，可置身其外，蓦然回首，会惊觉，把它放在任何一个时光片段里，它都灼灼其华，闪闪发亮。青春的故事总是被我们喋喋不休地一遍遍吟唱，却依然拥有让人在无数的重复中泪流满面的力量。唯愿柔柔细风裁去铿锵岁月的尘埃，给如诗的青春留下一面容颜不老的潋滟明湖。

谨以此书献给我们终将逝去的青春和必将圆满的爱情。

黄丽娟

2016年初夏于江海之滨